Mette Vedsø
What the luck!

METTE VEDSØ

What THE LUCK

AUS DEM DÄNISCHEN   VON MAIKE DÖRRIES

THIENEMANN

Ernsthaft losgegangen ist es eigentlich am Tag gleich nach den Sommerferien. Unser Lehrer Ove kam in die Klasse und schrieb in Großbuchstaben *DÄNEMARK* an die Tafel. Das las sich erst mal ganz harmlos und unschuldig, und es dauerte eine ganze Weile, bis ich kapierte, was das Ganze eigentlich sollte. Ove ließ den Blick durch die Klasse schweifen und rieb sich die Hände, das war so ein Tick von ihm, manchmal ließ er sogar die Finger knacken, was echt ekelig war.

„Also, Klasse 7b", sagte er. „Dann fangen wir doch mal an."

Er zeigte auf die Tafel und meinte, dass Dänemark zwar ein kleines Land sei, aber ein kleines Land mit großen Unterschieden! Und ob uns vielleicht schon mal der Begriff *soziale Klassen* untergekommen ist?

Ehe einer von uns antworten konnte, hatte er sich schon wieder umgedreht und schrieb die Zahlen von 1 bis 5 an die Tafel. An oberster Stelle die 1, darunter die Zahlen 2 bis 4, und am unteren Tafelrand eine wie betrunken hintenüberkippende 5.

„Es gibt reiche Menschen, und es gibt arme Menschen, aber die meisten liegen genau dazwischen", sagte Ove.

Hinter die Eins schrieb er *Reich*, *Mitte* hinter die Zwei, Drei und Vier und *Arm* hinter die Fünf. Ich spürte ein merkwürdiges Ziehen im Bauch. Keinen Schmerz. Eher wie beim Anspannen aller Muskeln bei Situps.

Ove trommelte mit dem Zeigefinger auf das Wort *Mitte*, musterte uns aus kleinen Pupillen und meinte, dass sich die meisten von uns genau dort tummelten. „*Aaaber*", warf er in den Raum, „die Mitte reicht vom unteren bis zum oberen Ende der Skala." So war Dänemark. Es gab viel weniger Superreiche als zum Beispiel in den USA, und glücklicherweise auch relativ wenige richtig Arme.

Er sah uns zufrieden an wie nach einer besonders tiefsinnigen und klugen Erkenntnis.

„Mittelklasse", sagte er verträumt, als wäre es der Beginn eines Märchens mit Happy End oder einfach ein Wort, das man auf jeden Fall in seinem Wortschatz haben sollte wie Kaffee, Weihnachten oder Pizza mit einer extra Portion Käse.

Während ich nervös auf meinem Stuhl hin und her rutschte, saß Kern, mein bester Freund, gechillt und happy da. Na ja, er hatte auch allen Grund, gechillt zu sein, weil er zum eher oberen Ende der Mitte gehörte. Vielleicht kein glatter Zweier, aber klar über der Drei. Seine Familie hatte gerade eine neue Küche mit *Quooker* bekommen, er sprach kaum noch von was anderem. Du hast keinen blassen Schimmer, was das sein soll? Ging mir auch so, als Kern mir davon erzählt hat. Aber dann war ich bei ihm zu Hause und kam in die neue Küche und *hey*, das war Luxus pur. Ein Quooker ist ein extra Wasserhahn neben dem eigentlichen Wasserhahn, aus dem immer, IMMER, kochendes Wasser kommt. Kern konnte jetzt, wann immer ihm danach war, Kaffee, Kakao und Cup-Noodles machen!

Die Klassen 2, 3 und 4 der Sozialleiter waren schnell abgehandelt, jetzt fehlten nur noch die Spitze und die unterste Sprosse. Ove streckte den Arm aus und ließ den Finger um die Zahl eins kreisen, bis die Kreide ganz verschmiert war. Dabei lächelte er Ludvig, unseren Klassenmillionär, einschleimend an. Ludvig lebte im Villenviertel Birkesø und seine Familie besaß fünf oder sechs Autos. Dazu ein Motorboot, das so groß war, dass ich mich ehrlich fragte, wie so was überhaupt schwimmen konnte. Und Ludvig ging mit seinem Vater auf die Jagd! In seinem Zimmer hing ein ausgestopfter Hirschkopf und starrte ihn vom Fußende seines Bettes an.

„Wir sind alle verschieden, nicht wahr?", sagte Ove und vermied es zu meiner großen Überraschung, den Blick direkt auf mich zu richten und von der untersten Klasse zu sprechen. Das fühlte sich ein bisschen so an, als wäre ich Luft. Und obwohl ich eigentlich keinen gesteigerten Wert darauf legte, im Rampenlicht zu stehen, fand ich es anderseits auch ziemlich fies von Ove.

„So ist Dänemark", wiederholte er und hustete in seine Ellenbeuge, und in dem Moment tat mein Mund etwas sehr Unerwartetes, was er normalerweise nicht tut.

Ich sagte laut und für alle hörbar: „*Reiche Säcke*."
Ups.

Es schallte durch den Raum, total *cringe*, und das bei 25 Zuhörern. Gott, war das peinlich. Keine Ahnung, warum das aus mir rauspoppte (obwohl: eigentlich weiß ich es schon, aber dazu später mehr). Jedenfalls hatten es alle mitbekommen, und das würde jetzt sicher die Runde machen, weil man im Unterricht nicht einfach *Reiche Säcke* raushaut, ein absolutes No-Go.

Ove sah aus, als hätte er in eine Zitrone gebissen. Er vollführte einen seiner kleinen Tics, und Kern bekam eine knallrote Birne, als hätte er einen Schluck Wasser direkt aus dem Quooker-Hahn getrunken.

„Ähm, Entschuldigung", sagte ich. „War nicht so gemeint."

„Das will ich hoffen", sagte Ove.

„Das war ein Traum", antwortete ich.

„Das kann jeder behaupten", sagte Ove.

„Ich hab heute Nacht von einem durchgeknallten Millionär geträumt, der … Steuern hinterzogen hat."

„Wie du meinst", sagte Ove und packte seine Sachen zusammen. Er hatte noch immer nichts zur unteren Klasse gesagt. All jene mit 44 Buslinien im Vorgarten, mit Schimmel unter der Tapete und jeder Menge Schnellkrediten. Die vergaß er einfach.

Nach dem Klingeln bat er mich, kurz zu bleiben.

„Du hast echt was auf dem Kasten, Mikkel, das weißt du, oder?"

Ich nickte.

„Verlier dein Ziel nicht aus den Augen, Junge."

„Klar", sagte ich ohne einen Schimmer, was er damit meinte.

„Gut, gut", sagte er und stapfte mit langen, zufriedenen Lehrerschritten durch den Flur davon.

Also, um noch mal auf die reichen Säcke zurückzukommen. Das war echt uncool, aber das muss ich auf meinen Vater schieben. Der Ausdruck stammt von ihm, weil er Probleme mit Leuten hat, die vor lauter Geld nicht wissen, wohin. *Reiche Säcke* ist so was wie sein Lebensmotto und Feindbild. Wir sind die, *die wir für ihren Unterhalt schuften,* sagt er gerne, wobei er sich in Herzhöhe mit der flachen Hand auf die Brust schlägt.

Reiche Säcke wird bei ihm durch alles Mögliche getriggert – große Häuser, Business-Class-Flüge, Dubai und die Schweiz, oder ein Interview mit irgendeinem Finanzexperten im Fernsehen. Aber es kann ihn auch auf offener Straße überkommen, wie an dem Tag, als wir zusammen im großen Einkaufszentrum waren. Er haut das nicht irgendwie sauer oder aggressiv raus, das ist schwer zu erklären, am anschaulichsten wäre es, wenn man es in einem Videoclip zeigen würde. Man muss ihn sich mit seiner lebhaften Gestik und Mimik vorstellen, ein bisschen wie Stand-up-Comedy, wenn er *Reiiiche Säckkke* mit dem Blick zu einem halb auf dem Gehweg geparkten Sportwagen sagt, die Brauen hochzieht und den Mund kräuselt, mir seinen Ellenbogen in die Rippen stupst und mich auf seine spezielle Art angrinst. Und dann kommt das Lachen, kein verhuschtes, oh nein, verhuscht ist Papa nun wirklich nicht, ein lautes und ausdauerndes, tief aus dem Bauch kommendes Lachen.

„Schhhh", zischte ich ihm im Einkaufszentrum zu, weil Leute um uns rumstanden, aber er sagte immer wieder *Reiche Säcke, Reiche Säcke, Reiche Säcke.* Oh man, das war echt peinlich, und ich sah, wie eine Frau ihren Mann antippte und *Fettsack* flüsterte. *XXL* kam auch häufiger vor, aber das bisher Fieseste kam von einer Gruppe Jugendlicher in meinem Alter, die ihn als *Moby Dick* beschimpften. Das ist Fatshaming der übelsten Sorte.

Mein Blick war steif auf Papa gerichtet, wie er darauf reagieren würde, ich versuchte, seine Gedanken zu lesen, während ich größte Lust hatte, den Idioten die Fresse zu polieren. Papa schien es gelassen zu nehmen, er hat hinterher sogar seinen Freunden davon erzählt, und von da ab nannten ihn Costa del Sol-Lone, Dennis und Flip zwischendurch Moby Dick.

„Lasst das, er heißt Jon", protestierte Nelly näselnd und mit schärferer Stimme als üblich.

Also, *Reiche Säcke* und Papa gehörten unauflöslich zusammen, was auch der Grund war, dass ich ihm nicht von meinen geheimen Träumen erzählte – in denen jedenfalls keine Bruchbuden am Vestvejen im verkehrsdichtesten Teil der Stadt vorkamen oder Fenster, die so verschmiert von Abgasen waren, dass sie wie graue Badezimmermilchglasscheiben aussahen. Ich träumte von einem Vater, der nicht immer sagte: „Ist doch wunderbar, Mikkel, so sparen wir uns die Vorhänge."

Obwohl Papa zugegebenermaßen das Beste aus dem wenigen rausholte, so wie mit unserer Zelttour an den See, weil wir uns den sonst üblichen Urlaub in Dennis' feststehendem Wohnwagen nicht leisten konnten. Immerhin, wir haben einen Igel gesehen. Und ein Nest mit Tauben. Und Nelly hat uns Aufback-Brötchen von Fakta vorbeigebracht. Und wir hatten einen irren Sternenhimmel. Kein Witz. Papa hat mir den Oriongürtel und die Plejaden gezeigt, wow, die waren total klar zu erkennen, und wir haben uns übers Wetter unterhalten, die Schule, unsere Freunde und ein bisschen über uns – also mich und ihn.

„Hat dich das mit dem Moby Dick nicht verletzt?"

„Warum, Moby Dick war früher mein Lieblingsbuch, Mikkel."

„Und XXL?"

„Na ja, da gibt es ja schon noch größere Dinge, oder?"

„Wie größer?", fragte ich.

„Du weißt schon."

„Aber fehlt dir nicht eine ..."

„Ich hab doch dich."

„Du weißt genau, was ich meine, Papa!"

„Na ja ... aber ich ... Man soll nie nie sagen."

„Warum guckst du dich nicht mal auf Tinder um", schlug ich vor.

„Da gehe ich lieber barfuß über Glasscherben."

„Probier Tinder doch wenigstens mal aus."

„Hm", seufzte Papa, und wir lagen eine Weile schweigend nebeneinander.

„Happy happy?", fragte er irgendwann.

„Ja, ja", antwortete ich, ohne richtig sagen zu können, ob das stimmte. Denn woher weiß man eigentlich, ob man happy ist?

Ungefähr zu dieser Zeit legte ich mir eine neue Einschlafroutine zu. Ich schloss die Augen und stellte mir vor, mein Leben wäre plötzlich auf den Kopf gestellt – jetzt war ich ganz oben und Ludvig auf der untersten Leitersprosse. Das funktionierte ziemlich gut zum Abschalten. In den Filmen auf meiner inneren Leinwand war ich Mikkel aus der Oberschicht und hörte die anderen raunen: *Wow, da ist Mikkel,* wenn ich aus meinem Sportwagen stieg und mit den Schlüsseln klimperte, während ich mir das Haar aus dem solariumgebräunten Gesicht strich.

Im *richtigen Leben* von Papa und mir gab es keine Autoschlüssel. Wir fuhren Bus. Immer. Papa hat zwar einen Führerschein, aber nie ein Auto gehabt. Was zum einen der Finanzlage geschuldet war, aber hauptsächlich der Tatsache, dass Papa nach Mamas tödlichem Rechtsabbiegerunfall, als ich noch ein kleines Baby war, komplett die Lust am Fahren verloren hatte. Seitdem sind wir zu zweit, und das ist okay. Ich weiß, okay klingt seltsam, weil es natürlich gar nicht okay ist, wenn jemand stirbt. Schon gar nicht die eigene Mutter. Aber ich kenne halt nichts anderes als Papa und mich, und denke darum, ehrlich gesagt, nicht sonderlich darüber nach. Meine Mutter Mia war ganz bestimmt ein fantastischer Mensch, und an ihrem Geburtstag bringen wir ihr immer Rosen und Salzlakritze ans Grab. Und im Dezember schmücken wir es mit Lichterketten, die Papa aus dem Container 11 auf dem Wertstoffhof gefischt hat, wo er arbeitet. Und dann erzählt Papa die immer gleichen Geschichten von ihm und Mia und dem Handballverein, in dem alles begann.

„Lakritz?", fragte er, bückte sich und schnappte sich ein paar Salzheringe aus der Tüte, die auf dem Grabstein stand. Er rückte die Lichterkette zurecht.

„Und, irgendwelche neuen Containerfunde gemacht?", fragte ich.

Mit einem bestätigenden Nicken berichtete Papa von einem noch ganz ordentlichen Lautsprecher und einer Eismaschine – die Leute schmissen lauter gut erhaltene Sachen weg.

„Nice", sagte ich.

„Hab ich schon erzählt, dass Dennis ein Meerschweinchen gefunden hat?", sagte Papa.

Hatte er, mehrmals, aber er erzählte es trotzdem noch mal. Das kam bestimmt von irgendwelchen steinreichen Säcken, die Weihnachten auf Bali verbrachten und keinen Haustiersitter gefunden hatten.

„Bestimmt", sagte ich.

„Bali", zischte Papa und ich wickelte mich fester in die Winterjacke ein.

Zu Hause gab ich Bali in die Suchmaschine ein. Shit,

das sah nach echtem Luxus aus. Ich druckte ein paar Strandbilder aus und steckte sie in die Tasche. Das entwickelte sich zu einer weiteren neuen Gewohnheit: Sobald ich in unsere Straße einbog, zog ich die Strandbilder heraus und starrte auf die Fotos. Auf die Weise entging mir das Chaos im Vorgarten, Papas Gartenzwergarmee und die halb zerlegten Traktormotoren, die alte Kloschüssel und der selbst gebaute Grill. Ich beamte mich in Gedanken nach Bali mit den weißen Sandstränden und Palmen, bis ich auf dem Bett in meinem Zimmer saß. Eine echt super Ablenktechnik. Manchmal hilft nur, sich gewaltsam aus der Wirklichkeit rauszuzoomen.

Natürlich sprach Ove mich noch mal auf die *reichen Säcke* an. Er kam ein paar Minuten vorm Unterricht und nahm mich beiseite.

„Mikkel, Mikkel", sagte er und wies mich darauf hin, dass es nicht okay war, in der Klasse *reiche Säcke* zu sagen, schließlich hätte Ludvig auch Gefühle. Aber natürlich verstünde er, dass es nicht leicht sei für meinen Vater und mich, nein, das war es ganz sicher nicht.

Ich sagte nichts. Vermutlich schob er es darauf, dass ich frustriert war, aber das war ich nicht. Ich hatte vor allen Dingen keine Lust auf das Mitleid der anderen.

„Aber es gibt immer auch *Aufsteiger-Typen,* darüber will ich heute in der Stunde mit euch reden", sagte Ove. „Weißt du, was ein Aufsteiger ist? Bist du vielleicht schon mal einem begegnet?"

Bevor ich in mich gehen konnte, fuhr Ove schon fort.

„Ein Aufsteiger ist einer, der nach oben klettert", sagte er. „Einer, der daran arbeitet, den Teufelskreis zu durchbrechen. Von der vierten in die zweite Klasse oder aus der Unterschicht in die Mittelschicht. Kennst du so jemanden?"

Ich schüttelte den Kopf, während ich an den Sportwagen und die solariumbraune Haut dachte. In diesem Augenblick schien es plötzlich *möglich*. Das war der Augenblick, in dem sich in meinem Kopf eine Wende vollzog.

„Nehmen wir als Beispiel einen Mann namens Lars Larsen", sagte Ove. „Der lebt zwar inzwischen nicht mehr, aber sein riesiges Unternehmen lebt weiter. Weißt du, wer das war?"

Ich schüttelte den Kopf. Aber der Name war echt cool, den merkte man sich beim ersten Hören.

Ove erzählte von Lars Larsens harter Kindheit, weil seine Mutter nicht in der Lage gewesen war, sich um den kleinen Hof zu kümmern. Und Lars' Vater war gestorben, als er noch ganz klein war.

„Die Mutter war, unverblümt gesagt, komplett neben der Spur", sagte Ove und tippte sich mit dem Zeigefinger an die Schläfe. „Eines Abends ging sie wortlos aus dem Haus, und Lasse und seine Brüder, die sich bei Nacht und Nebel auf die Suche nach ihr machten, fanden sie schließlich auf den Bahngleisen. Danach kam sie in die Irrenanstalt – so hieß das damals! Das war alles ganz furchtbar, und Lars wurde in der Schule gemobbt und Bettel-Lars genannt. Das war keine schöne Kindheit", sagte Ove.

Langsam ging Ove mir echt auf die Nerven. Warum erzählte er mir das? Was wollte er mir damit sagen?

„Also, mein Vater ist cool", sagte ich.

„NATÜRLICH, Mikkel", sagte Ove. „Dein Vater ist super, das will ich damit nicht sagen. Auf keinen Fall, nein. Das hat nichts mit euch zu tun."

„Okay?", sagte ich.

„Ich meine damit, dass man, auch wenn man *arm* ist, *reich* werden kann", sagte Ove. „Man kann immer die Karten neu mischen und ... wie Ludvig werden."

„Hat Lars Larsen die Karten neu gemischt?"

„Oh ja ... und nicht nur das", sagte Ove. „Er hat Decken verkauft."

„Decken?", sagte ich überrascht.

„Jysk", sagte Ove. „Jysk Bettenlager. Da bist du doch bestimmt schon mal mit deinem Vater gewesen."

Bestimmt waren wir das, immerhin hatte Lars weltweit 2400 Läden, wie ich im nächsten Satz erfuhr. Wahnsinn.

Decken kamen nicht unbedingt in meinen Träumen vor, aber der Wertstoffhof auch nicht. Ich träumte meistens von Geld, viel Geld. Aber wie kam man da ran? Vielleicht war ja was dran an der Idee, sein Glück selbst in die Hand zu nehmen? Papa war jetzt nicht unbedingt derjenige, der das Ruder finanziell rumreißen würde, in letzter Zeit waren mehr Mahnungen als üblich in der Post gewesen, und er hatte einen hoch verzinsten Schnellkredit aufgenommen. Bei der Arbeit lief es auch nicht ganz rund, er rechnete jederzeit mit seiner Kündigung.

„Lars Larsen", murmelte ich vor mich hin, als ich an dem großen Baum auf dem Schulhof lehnte und mit den Fingern über die raue Borke strich. Ich drehte mich um, als ich eine merkwürdige Vertiefung ertastete. Der Stamm war von eingeritzten Buchstaben, Herzen und Sternen überzogen, aber diese Rille war besonders tief und scharfkantig. Und genau da, wo meine Finger eben noch gewesen waren, stand … da stand … *Hallo* … Das gab's doch nicht? Ich neigte den Kopf zur Seite und las: LL. Hammer!

„Lars Larsen", murmelte ich, zum Glück war niemand in der Nähe.

Und ja, ich weiß, das klingt echt schräg, aber ich war wie gelähmt. Für einen kurzen Moment waren da nur ich, mein Finger und LL, und ich spürte so etwas wie eine Verbindung zwischen ihm und mir!

Zum Glück läutete es und *Pling,* war ich zurück in der Realität, fast zumindest, weil irgendwas in mir in Bewegung gekommen war, echt *spooky,* denn als ich abends vorm Schlafengehen meine Bettdecke auf-schüttelte, spürte ich, total verrückt, wieder diese Ver-bindung zwischen Lars und mir!

Das wurde von da an mein neuer Einschlafmodus, und das war eigentlich ganz nett, ein bisschen so, als hätte ich einen neuen Freund gefunden.

Später in der Woche war ich bei Kern zu Hause. So nenne ich ihn seit der Vorschule. Am ersten Tag sollten wir ein Foto von unseren Familien mitbringen. Kern war als Erster dran, weil er mit Nachnamen Andersen heißt. Er hatte ein Foto von sich und seiner Mutter, seinem Vater und seiner kleinen Schwester dabei und sagte: „Ich heiße Andreas Andersen. Das da ist meine Schwester Laura, der da mein Papa Niels und das meine Mama Pernille. Wir sind eine Kernfamilie."

Bis zur dritten Klasse war ich davon überzeugt, dass Kernfamilie was mit Kernen und Gesundheit zu tun hatte. Und in Kerns Familie sehen auch alle total kerngesund aus. Und Kerns Mutter arbeitet in einem Ärztehaus und kennt sich mit gesunder Ernährung aus.

Ich heiße Werner, Mikael Werner, werde aber schon immer von allen Mikkel genannt. Einfach nur Mikkel, ohne irgendeine Anekdote.

Wegen dem Werner war ich als Letzter dran, mein Foto zu zeigen, und bis dahin war mir klar geworden, dass Papa und ich irgendwie aus dem Rahmen fielen. Nicht wegen des Fotos, auf dem Papa und ich unten am Birkesee zu sehen waren, jeder mit einem gefangenen Barsch in der Hand, sondern weil wir nur zu zweit waren. Zwei Personen ist die kleinste Familieneinheit, darunter kommt nichts mehr. Das ist schon irgendwie peinlich, selbst in der Vorschule.

Kerns Mutter hatte schon Feierabend und erzählte, dass gerade Madenwürmer im Umlauf wären. Dann erkundigte sie sich interessiert nach unserem Schultag und kannte natürlich alle Mitschüler beim Namen, selbst die aus der Parallelklasse. Wir hingen vorm Computer und glotzten Videos.

Kern fuhr voll auf *The yellow boys* ab – vier Jungs, die abgesprochen hatten, dass einen Monat lang alles gelb sein sollte. Ihre Brotdosen, die Klamotten, alles. Sie brachten Bananen und gelbe Paprika, Mais und gekochtes Eigelb mit, transportierten ihre Sachen in gelben Netto-Tüten und hatten gelbe Bandanas über die Haare gezogen. *HeyHannah* sahen wir uns auch an, die von ihren Followern wissen wollte, was *more boooring* war: *Die Brücke über den Großen Belt mit einer Zahnbürste zu schrubben, rückwärts über einen Gletscher zu gehen oder ein griechisches Fachmagazin mit einer Extrabeilage über Weichtiere zu lesen.* Danach schauten wir ein koreanisches Video über ein Flöte spielendes Huhn.

Als die nächste Werbung hochploppte, stand ich auf.

„Ich muss zum Handball", sagte ich.

„Echt jetzt? Kannst du heute nicht mal schwänzen?", fragte Kern.

„Du schwänzt ja auch nie Basketball", antwortete ich.

„Nein, stimmt, aber ..." Kern hielt inne. Manchmal ist genau das Unausgesprochene das Gemeinte. Ergibt das Sinn?

Ich ging *immer* zum Handballtraining. Aber wahrscheinlich hatte Kern recht. Wozu eigentlich? Außenspieler auf der Reservebank der vierten Liga zu sein, war nicht grad der Bringer. Ich sag nicht, dass ich das nur Papa zuliebe mache, aber oh Mann, er und Handball. Er prahlte ständig mit seiner Jugendzeit beim AB Stjernen, obwohl eigentlich meine Mutter der wahre Star und sogar bei der dänischen U16-Meisterschaft dabei war. Schon merkwürdig, dass bei der Kombi *super Handballspielerin* plus *Handballspieler* bloß ein *Ersatzspieler der vierten Liga* wie ich herauskam. Na ja, egal, vielleicht trägt Papa auch einfach nur dick auf. Jedenfalls kam immer irgendwas dazwischen, wenn ich seine Pokale sehen wollte.

„Ich bin dann mal weg", sagte ich.

„Ich komm mit", sagte Kern.

„Ich fahre euch", rief Kerns Mutter aus der Küche und füllte meine Trinkflasche auf, nachdem sie sie mit einem streng riechenden Zeugs ausgespült hatte.

Trinkflaschen sollten hin und wieder sterilisiert werden, murmelte sie, und zog Gummihandschuhe an.

„Willst du Eiswürfel?", fragte sie und fummelte an dem amerikanischen Kühlschrank herum.

Sie lächelte mich an. Ich würde mich ganz bestimmt nicht beschweren, wenn Papa bei Tinder auf so eine

Frau wie Kerns Mutter treffen sollte, die selbst eine Trinkflasche mit Liebe auffüllte.

Ich nickte und ging in das gemütliche Badezimmer mit Fußbodenheizung und Handtuchtrockner. Und so komischen Stäben in einer Flüssigkeit, die nach Zimt dufteten.

„Habt ihr neue Handballtrikots, Mikkel?", fragte sie, als ich wieder in die Küche kam. Und tatsächlich, Trikot und Hose waren nagelneu, die Knickfalten waren noch zu sehen. Ich schaute an mir runter. Blau und weinrot, mit Werbung für *Løvstrøm Invest* vor der Brust.

„Das ist ja mal ein geschmackvolles Outfit", meinte Kerns Mutter. „Da zeigt der Handballverein ja mal richtig Stil."

Ich nickte und verriet nicht, dass das eigentlich ein Restposten war, den unser Trainer René zum Freundschaftspreis von einem Kumpel aus einem anderen Verein bekommen hatte. Wer sponserte schon die vierte Liga? Das wusste eigentlich jeder, aber ich hielt den Mund.

Ich verstaute meine Tasche auf der Rückbank und stieg ein. Das Auto startete mit einem soften Summen, und wir rollten im Zickzack durch die Straßen des Wohnviertels mit den roten und gelben Häusern und grünen Hecken bis zu einer großen Kreuzung. Den Rest der Strecke kannte ich wie meine Hosentasche, alle Läden auf dem Vestvejen, an denen wir vorbeifuhren. Føtex, I-phone-fix, Netto, Fakta, 7-eleven, Leos Kebab, Jem & Fix und schließlich – *Hallo!* – ein blaues

Gebäude, an dem ich immer achtlos vorbeigefahren war. Eine Jysk-Filiale, die mir vorher nie aufgefallen war.

„Eine von zweitausendvierhundert Filialen", rutschte es mir heraus.

„Na, am Kopfrechnen, du Zahlenkünstler?", sagte Pernille.

„Das sind ganz schön viele", murmelte ich.

„Zweitausendvierhundert was?", fragte Kern.

„Was für ein Haufen Federn", sagte ich.

„Federn?", fragte Kerns Mutter.

„Balla-balla", sagte Kern, schnappte sich den Handball aus meiner Tasche und ließ ihn auf seinem Zeigefinger kreiseln. Er konnte solche Sachen.

„Planet Mikkel", sagte er und warf den Ball zurück in die Tasche. Kerns Mutter blinkte und fuhr vor die Halle.

„Raus mit euch, Jungs", sagte sie und wir stiegen aus.

„Kannst du dir echt nichts anderes als Handball vorstellen?", fragte Kern, nachdem wir uns 45 Minuten auf
der schmalen Ersatzbank die Hintern platt gesessen
hatten. Unsere Mannschaft spielte ein Match, es waren
noch 15 Minuten bis zum Schlusspfiff.

„Meine Mutter hat auch Handball gespielt", antwortete ich.

„Ja, gut, versteh ich ja", sagte Kern. „Aber echt jetzt,
Mikkel."

„Und zwischen Weihnachten und Silvester haben
wir sogar ein Auswärtsspiel gegen Ikast."

„Super", sagte er.

Auf dem Spielfeld tat sich was, als Laurin sich ziemlich plump an einer *Radjenovic*-Finte versuchte und
beim wieder Aufsetzen auf dem Boden strauchelte
und umknickte. Er kam zur Bank gehumpelt.

„Time-out!", rief René und tippte Kern auf die Schulter. „Zieh das über", sagte er und drückte ihm ein
Løvstrøm-Outfit in die Hand – Trikot und Shorts.

„Aber, ähm ...", sagte Kern und sah mich an.

„Rein mit dir", sagte René und schubste ihn aufs
Spielfeld.

Kern überragte die anderen Spieler. Basketball

passte perfekt zu ihm, aber beim Handball musste er sich auch nicht verstecken. Er dribbelte los.

„Das mach ich nur, weil es um die Wurst geht", sagte René mit einem zuckersüßen Blick zu mir. „Das verstehst du doch, Mikkel?"

Ich nickte und reichte Laurin ein Kühlpad.

„Nächstes Mal kommst du rein, Mikkel. Versprochen."

„Klar", sagte ich und René vollführte einen Luftsprung, weil Kern ein Tor gemacht hatte.

Ich trank einen Schluck aus der Trinkflasche. Ich trank so viel, bis ich auf die Toilette musste.

Es gab wirklich nichts an dem Verein auszusetzen. Bis auf den langen roten Querstreifen auf meinen Arschbacken von der viel zu schmalen Bank. Ein Looser-Tattoo, dachte ich und wusch mir die Hände. Ich verließ den Waschraum und ging den Flur hinunter, vorbei an der Halle und dem Match, durch die automatisch aufgleitende Glastür, die Treppe runter und über den Parkplatz. Ich weiß nicht genau, was mich antrieb, war irgendwie fremdgesteuert, brauchte eine Pause.

Ich schickte Kern eine Chat-Nachricht. *Hab zu viel Wasser getrunken,* schrieb ich. *See you.*

Draußen war Daunenwetter. Das war eine Wortschöpfung von Papa und mir, ein anderes Wort für *bewölkter Himmel*. Und witzig, wieder entdeckte ich eine neue Verbindung zu Lars Larsen, der im Internet auch Daunen-Larsen genannt wurde. Mir gefiel Lars Larsen besser. Der Doppelname hatte einen schön fetten Sound. Mikkel Mikkelsen oder Jon Jonsen klangen auch nicht schlecht, aber Lars Larsen war definitiv cooler.

Ich jamte im Stillen den Namen und bog auf den Weg zum Birkesee ab. Das war zwar ein Umweg, aber ich ging gern hier entlang. An der Eisdiele vorbei, wo es ganz traditionelles Waffeleis mit Streuseln gab. Das wäre auch ein Sommerjob, den ich gern machen würde, aber dafür musste ich sechzehn sein. Ich würde mein Selfmade-Programm woanders starten müssen, als Pfandflaschensammler oder Hundesitter. Oder ich bot mich als Rasenmäher oder Tellerwäscher an. Um mein eigenes Geld zu verdienen und ein Konto zu eröffnen. Oder ich kaufte Aktien. Ich war ziemlich gut in der Schule und in Mathe der Beste. Fünfzig Kronen die Stunde, vier Stunden die Woche, das wäre doch ein guter Schnitt. 800 im Monat und 10.000 im Jahr. Das hörte sich gut an. Kerns

Quooker hatte 20.000 Kronen gekostet. Das bedeutete zwei Jahre Arbeit, bis ich mir Kakao und Kaffee *unlimited* leisten konnte.

Der Himmel und die Bäume spiegelten sich auf der Seeoberfläche, Insekten tanzten in einem diesigen Sonnenstrahl. Papa sagte immer, dass man gewisse Dinge schon als Kind verinnerlichen müsse, und eins davon war, sich für die Gratis-Unternehmungen im Leben zu begeistern. Gemeinsames Angeln zum Beispiel, Seite an Seite, mit Thermoskanne und Eiersandwiches.

„Ohne Hightech und Schnickschnack", sagte Papa. „Eine Angeltour sollte einfach sein, Stulle auf die Hand, Sandkuchen, Kaffee, die speckige Schirmmütze, Angelrute, Schnur, Vogelgezwitscher und der gemeinsame Pulsschlag. Verstehst du, was ich meine? Der Mensch *ist* Natur."

Ja, ich verstand ihn, und ich liebte das Gefühl, wenn ein Fisch anbiss. Ich liebte die kleinen Kohlmeisen und Amseln, die einem tief in die Seele schauten. Einmal hat sogar ein Eichhörnchen ein Stück Ei von meiner Stiefelspitze gefressen. Es kam ganz dicht an mich ran, der buschige Schwanz leuchtete rot in der Sonne wie ein Staubwedel. Wie wir gut einen gebrauchen könnten, seit unser letzter Staubsauger den Geist aufgegeben hat. Papa wollte ein neues Modell vom Wertstoffhof mitbringen, aber da gibt es grade keinen Nachschub.

Im Birkesee gab es hauptsächlich Barsche, ein ganz gewöhnlicher Fisch, nichts Besonderes, wie

Papa meinte, aber schmackhaft und mit viel Fleisch an den Gräten, und genug für alle. So sollte es sein in der Gesellschaft, ob ich mir darüber schon mal Gedanken gemacht hätte? Die reichen Säcke sollten mehr Barsch essen, sie und ihre in Lycra steckenden schlanken Körper auf den sündhaft teuren Fahrrädern. Bei denen drehte sich alles um Selbstoptimierung, darum, in der Welt zu bestehen, aber da hatten sie was in den falschen Hals gekriegt, sagte Papa. Man kann über ihn sagen, was man will, aber er hätte einen ziemlich guten Politiker abgegeben, wenn das mit dem Geld und mit Mama nicht so den Bach runtergegangen wäre.

Ich winkte Flip zu, der mit seiner Angel auf der kleinen Brücke stand und ausnahmsweise mal richtig fit aussah. Meist war er ziemlich zugedröhnt. Papa und Nelly meinten, er hätte ein Alkoholproblem. Flip hieß eigentlich Filip und war Ukrainer. Er hatte nie in der Ukraine gelebt, aber seine Eltern stammten von dort. Er war blass und hager und stand immer leicht gekrümmt da, wie ein Erdnussflip eben! Er schwankte vor und zurück und fragte, ob wir das Match gewonnen hätten. Ich nickte.

„Aus dir wird mal was, Mibba", sagte er. Er sprach fast akzentfrei, grammatikalisch vielleicht nicht immer ganz korrekt. Ich fand es cool, dass er mich Mibba nannte. Das klang ein bisschen wie ABBA. Papa und ich hörten manchmal in voller Lautstärke *Mamma Mia,* hielten uns ein Ladegerät vor den Mund und grölten mit.

Mamma Mia, here I go again
My my, how can I resist you
Mamma Mia, does it show again
My my, just how much I've missed you

„Ach, Mia", seufzte Papa dann irgendwann und kramte alte Fotos von Mama raus, auf denen die Farben so verblasst waren, dass alles richtig retro aussah.

„Grüß deinen Alten", sagte Flip. „Ich komm mal wieder vorbei."

Ich winkte und bog auf den Trampelpfad ein, der ins Birkesøviertel führte. Zu den reichen Säcken mit ihren großen Villen. Über Birkesø war der Himmel immer blau, und dort lebten nur glückliche Menschen. Ich setzte mich auf eine Bank, ließ mir die Sonne ins Gesicht scheinen und nickte den Leuten zu, die vorbeigingen.

„Cooles Outfit", sagte ein Mann mit richtig coolen Sneakers. Da hatte ich noch gar nicht dran gedacht, dass *Løvstrøm Invest* ja eigentlich perfekt hierher passte. Und damit auch *ich*. Das war ein ganz ungewohntes, irres Gefühl. Als gehörten ich und die Bank, die Villen, Autos und die schöne Aussicht, die glücklichen Gesichter und die trendigen Pappbecher mit Latte Macchiato zusammen. Ich richtete den Oberkörper auf und grüßte breit lächelnd all die Erste Klasse-Leute. Ich war plötzlich ein anderer, ich war *all das, wovon ich träumte*.

Ich fuhr mir mit den Fingern durchs Haar und pfiff

leise vor mich hin, als sich eine ältere Frau neben mich auf die Bank setzte. Sie sah richtig nice aus.

„Hallo", sagte sie und stellte ihre Einkaufstasche auf dem Boden ab.

„Hallo", grüßte ich zurück und rückte ein Stück zur Seite, damit sie Platz hatte.

„Verrätst du mir deinen Namen?", sagte sie.

„Mikael", antwortete ich, weil sie irgendwie vornehm aussah und mir Mikkel zu gewöhnlich vorkam.

„Ich heiße Louise", sagte sie.

Sie musterte mich von oben bis unten.

„Was ist dein Handicap?"

Ich sah sie mit meinem Pokerface an, das ich mir antrainiert hatte, wenn mich etwas gehörig aushebelte oder verunsicherte. Nelly meinte, das käme davon, dass ich in so jungen Jahren meine Mutter verloren habe, da lernt man, nach außen cool zu wirken, auch wenn sich innerlich alles drehte.

Was meinte die Frau mit Handicap? Sah ich irgendwie behindert aus? Oder war mir so deutlich anzusehen, dass ich nicht hierher gehörte? Lag es an meiner Körperhaltung? Roch ich anders? Hatte ich fettige Haare?

„Tja", sagte ich mit einem unsicheren Blick zur Seite und nach unten, wo er an ihrer braunen Papiertasche mit einem Blumenkohl und Apfelsinen hängen blieb. Und da war es schon wieder. *LL Obst & Gemüse* stand da in schnörkeligen Buchstaben. So allmählich kam ich zu der Überzeugung, dass ich LL ernst nehmen sollte, vielleicht gab es ja doch mehr zwischen Himmel und Erde, als ich dachte? Vielleicht wurde mir gerade eine Hand gereicht? Ich lächelte mit frischer Energie.

„Oder willst du mir das nicht verraten?" Sie lachte. „Manche prahlen damit herum, andere sind zurückhaltender, so wie du."

„Damit prahlen?", sagte ich erstaunt. Ein Handicap war doch nichts, das man an die große Glocke hängte.

„Solche Leute kennst du doch sicher auch", sagte sie.

„Oh ja, total anstrengend", sagte ich.

„Meins liegt bei 20", sagte sie. „Plus, minus."

„Okay ..."

„Das von meinem Mann war sehr niedrig, bei fünf. Er ist letztes Jahr gestorben."

„Oh nein", sagte ich, weil sie so nett aussah und viel zu jung für eine Witwe. „Das ist sicher hart."

„Wir haben oft zusammen gespielt", sagte sie. „Das vermisse ich sehr."

Ich nickte und da kam mir die Erleuchtung. Jetzt zahlte sich aus, dass ich mich mit Papa immer durch alle Sportkanäle zappte.

Handicap, dachte ich. Na klar. Sie meint das Golf-Handicap.

„Hast du gute Schläger?", fragte sie.

„Die sind inzwischen etwas ... ähm ... zu kurz", antwortete ich.

„Ja, in deinem Alter schießt man in die Höhe."

„Genau", sagte ich.

„Die Schläger von meinem Mann verstauben im Keller. Könnte das was für dich sein?"

„Das kann ich aber unmöglich annehmen", sagte ich.

„Die sind wirklich topptippi. Er hat immer größten Wert auf seine Ausrüstung gelegt."

„Aufs Detail kommt es an." Ich nickte.

„Ja, genau."

Titan, Karbon, Driver, Putter. Sie feuerte ein Reihe Begriffe ab, die total nerdig und teuer klangen.

„Es tut gut, mal wieder mit jemandem zu reden, der Ahnung davon hat", sagte sie.

Dafür, dass ich nervös hätte sein sollen, war ich ziemlich gechillt.

„Komm mit", sagte sie, und wir erhoben uns von der Bank und gingen die hübsche Villenstraße hinauf. Ich und Louise, die ein bisschen älter als Papa, aber nicht so alt wie Oma war. Sie hatte Falten, aber okaye Falten, und sie lud mich in ihr hübsches Haus mit riesigen Bücherregalen ein, sie mahlte Kaffeebohnen in einer Kaffeemühle und servierte mir dazu unfassbar leckere, fast schwarze Schokolade.

„Løvstrøm ist schon genial, oder?", sagte sie und zeigte auf mein Trikot. „Nicht so ein knickeriger Sponsor. Sieh dir nur den Stoff an, echte Qualität." Sie knetete den Stoff anerkennend zwischen den Fingern. „Schön, dass er euch Junioren unterstützt."

„Ja ... super", sagte ich mit einem breiten Lächeln und stellte mir den Weg des Trikots aus Birkesø in den Handballverein der vierten Liga vor.

„Ich schaue mal nach den Schlägern", sagte sie. „Sie stehen im Keller."

Ich ging an die offene Terrassentür. Auf dem Gartentisch lagen ein Buch und eine Sonnenbrille. Ich konnte bis runter zum Birkesee schauen und erahnte Flip als verwischten Fleck auf der Brücke. Und dann entdeckte ich hinter Louises Hecke im Nachbargarten ein Mädchen in meinem Alter auf einer Sonnenliege.

7

„Mikael", rief Louise.

Ich trat von der offenen Terrassentür zurück, durchquerte das Wohnzimmer und ging raus auf den Flur, wo sie mich lächelnd erwartete.

„Überall heißt es, die jungen Leute von heute seien so egoistisch", sagte sie. „Aber du scheinst mir doch ein sehr empathisches Exemplar zu sein."

Ich hatte keine Ahnung, was das hieß, aber das lederne Golfbag, mit dem sie vor mir stand, war mehr als cool.

„Vermutlich ist es dumm, es einfach zu verschenken. Henrik hat wirklich großen Wert auf Qualität gelegt."

„Das kann ich echt nicht annehmen."

„Allein der Driver hat 10.000 Kronen gekostet", sagte sie und fingerte an einer Stange herum, die in einem dicken Metallklumpen endete.

Um ein Haar wäre mir *„ein halber Quooker"* rausgerutscht, was ich in letzter Sekunde mit einem gequetschten Hickser überspielte, der ihr gar nicht auffiel.

„Oh", sagte sie nach einem Blick aufs Handy. „Jetzt hätte ich fast meine Verabredung vergessen."

„Okay", sagte ich.

„Aber komm gerne ein andermal wieder vorbei und erzähl mir, was der Schwung macht."

„Der Schwung? Ähm, ja klar."

Sie wedelte mit einer Zeitschrift, die auf der Ablage lag.

„Hast du schon das neueste Magazin gelesen?"

Auf dem Cover war ein Golfspieler abgebildet. *Clubmeisterschafts-Thriller,* stand dort.

„Ich hab meins im Bus liegen lassen", sagte ich, weil mir auf die Schnelle nichts Besseres einfiel.

„Nimm meins", sagte sie, und lächelte, als wir aus dem Haus gingen. Sie mit Mantel und Tasche, ich mit Golfbag und Club-Magazin. Nebenan verschwand eine Frau in ihrem Haus.

„Kennst du die Familie in der Acht?", fragte Louise.

„Nein", sagte ich.

„Die haben eine Tochter in deinem Alter. Der Vater lebt, warum auch immer, in Dubai."

Sie meinte vermutlich das Mädchen mit den braunen Haaren und den braunen Beinen auf der Sonnenliege.

„Ich komme grad nicht auf ihren Namen ... Wie heißt sie noch gleich?", sagte Louise mehr zu sich selbst als zu mir.

„Mikael vergessen die meisten auch gleich wieder", sagte ich.

„Also, mir gefällt dein Name."

Ich lächelte.

„Bis dann", sagte sie und drückte auf ihren Autoschlüssel, woraufhin vier Lampen anfingen zu blinken. Sie winkte noch einmal, als sie im Auto saß.

Ich hantierte etwas umständlich mit dem Golfbag herum. Schwer war es nicht, aber es erforderte eine gewisse Technik, es über die Schulter zu hängen. Ich ging total windschief und komisch vornübergebeugt. Als ich den viel zu lang eingestellten Gurt korrigierte, stand sie plötzlich neben mir, *die Sonnenanbeterin,* und bedachte mich mit einem für mich total ungewohnten Blick. Interessiert! Mädchen schauten normalerweise durch mich hindurch. Höchstens in den Mathestunden war da mal ein kurzer Augenkontakt, aber auch nur, weil ich so hilfsbereit war und alle abschreiben ließ. Meine Erfahrung mit Mädchen lag ungefähr auf dem gleichen Niveau mit meiner Golferfahrung, aber obwohl sie nicht ganz happy wirkte, ziemlich distanziert und ein bisschen gelangweilt, blieb sie stehen.

„Kommst du vom Training?", fragte sie.

„Nein", antwortete ich. „Ich geh Gassi mit meinem … mit dem hier."

„Deinem Bag." Sie grinste. „Ganz schön fettes Teil."

„Der Gurt ist falsch eingestellt", sagte ich.

„Wohnst du in der Nähe?"

Sie wollte wissen, ob ich *einer von ihnen* war. Es war fast ein bisschen unheimlich, wie problemlos ich mich in Birkesø einfügte. Geiles Gefühl, sich zwischen Klasse 2 und 1 zu bewegen …

„Ich hab dich was gefragt."

„Hm", antwortete ich knapp. Vermutlich rechnete

sie nicht wirklich damit, dass ich auf eine der größeren Villen zeigen würde, mit Aussicht und eigenem Badesteg. Aber mein Schweigen machte sie nur noch neugieriger.

„Ich spiel auch ab und zu", sagte sie. „Golf ist ja ziemlich angesagt."

„Was ist dein Handicap?", fragte ich.

„Stop it."

„Kleiner Scherz ... Ich muss dann mal los."

„Klar", sagte sie.

Ich nickte.

„Vielleicht sieht man sich?", sagte sie, und mein Herz machte einen Hüpfer. Was für ein schräger Tag.

Am Birkesee lief ich noch einmal Flip über den Weg, der auf mein schwarzes Golfbag zeigte und fragte, seit wann ich denn Gitarre spielte. Ich antwortete grinsend, dass er sich schon auf den nächsten Singabend bei uns freuen könnte.

„Oh ja, *Imagine*", sagte er und ich nickte. Wer konnte diesen Lieblingssong aller Musiklehrer nicht spielen.

Ansonsten lief alles wie geschmiert.

Imagine all the people, living life in peace, sang ich leise vor mich hin, als ich auf den Trampelpfad einbog, der die beiden Viertel miteinander verband, die Abkürzung von Klasse 1 nach 4,5.

Ich hievte die schwere Tasche am gestreckten Arm über den Zaun hinter unserem Haus und hangelte mich selbst von einem Ast des großen Baumes ab. Dann fummelte ich die Tür des alten Spielhauses auf, das beste Versteck, das mir auf die Schnelle einfiel. Ich war schon seit Ewigkeiten nicht mehr dort gewesen, bis auf ein paar Fliesen und eine Plane war es fast leer geräumt. Ich zog die Plane über das Golfbag, schloss die Tür sorgfältig hinter mir zu und ging durch den Garten ins Haus.

Papa saß mit Nelly am Tisch, die bei ihrer täglichen

Runde immer bei uns reinschaute. Sie erzählte gerade von ihrem neuesten Hobby: Horoskope.

„Da ist echt was dran an den Sternen, Mikkel", sagte sie, als sie mich sah.

„Was?", sagte ich.

„Wir sind alle Teil des großen Kosmos."

„Klar ... ähm, was gibt's zu essen?"

„Ich bin Stier", sagte sie, schnappte sich ihr Handy und las etwas aus einem Profil auf Instagram vor. „Wahnsinn, oder, da kriegst du dein Horoskop jeden Tag gratis. *Die Liebe klopft an. Du hast die Wahrheit lange geheim gehalten. Nutze die günstige Planetenkonstellation.*"

„Hört sich doch super an", sagte ich.

„Lasagne", sagte Papa.

„Welches Sternzeichen bist du noch gleich, Mikkel?", wollte sie wissen.

„Und was steht bei mir?", fragte Papa. „Kommt die Glücksgöttin mit einer Million vorbei?"

„Krebs", sagte ich.

„Uiiiih", sagte Nelly. „Hör dir das an." Sie nahm ihre Lesebrille aus der Tasche. „*Es brechen neue Zeiten an, du betrittst unbekanntes Terrain.*"

Ich schluckte.

„Aaah, wie spannend, Mikkel", juchzte Nelly. „Liebe für mich und neue Zeiten für dich."

Mein Handy klingelte. Kern. Ich ging aus der Küche auf den Flur.

„Wo warst du denn plötzlich, Mikkel? Ich hab fünf Tore gemacht."

„*What?*", rief ich in den Hörer und ging weiter in mein Zimmer. Fünf Tore, ein unerreichbarer Traum. Handball bedeutete für mich rote Druckstreifen am Arsch, mehr nicht. Normalerweise wäre ich wohl neidisch auf ihn gewesen, aber irgendwie hatte ich innerlich schon halb mit Handball abgeschlossen.

„Du ... Ich hab grad ein Golfbag geschenkt bekommen", sagte ich.

„Was faselst du da?"

Ich erzählte ihm von meiner Begegnung mit Louise, von ihrem toten Mann und wo Løvstrøms Vereinstrikots herstammten, und zuletzt von den neuen Zeiten in meinem Horoskop. Von LL sagte ich erst mal nichts, weil mein Tag so schon verrückt genug gewesen war.

Kern kriegte sich gar nicht wieder ein.

„Und ein Golfclub-Magazin hab ich gratis dazu gekriegt", sagte ich, schlug zufällig eine Seite auf und las Kern laut daraus vor: Jeden Donnerstag Krafttraining für Junioren an Loch Acht. Der Driving Range hatte ein Make-over bekommen und vor Kurzem hatte ein Wettkampf stattgefunden.

Da stand auch was von gratis Probetraining. Das musste ich mir noch mal genauer ansehen.

„Krass", sagte Kern. „Golf passt eigentlich viel besser zu dir."

„Golf ist was für ... äh ..." Fast hätte ich reiche Säcke gesagt. Aber nach der Begegnung mit Louise und der Sonnenanbeterin und dem wertvollen Driver spürte ich so eine merkwürdige Offenheit. Why not?

„Also, das mit dem Handball", sagte Kern. „Ich versteh das ja, von wegen deiner Mutter und so, aber ..." Er meinte es sicher gut, aber eigentlich hatte das weniger mit Mama zu tun als mit Papa. Wenn ich mit Handball Schluss machte, würde Papa eine Depression kriegen.

„Beim Golf kann man so richtig absahnen, Mikkel. Mit dem Løvstrøm-Outfit passt du da perfekt rein", sagte Kern.

War das eine versteckte Andeutung auf meine übrigen Klamotten, die für einen Sport wie Golf zu schäbig waren? Kern selbst war, was Mode anging, immer vorn dabei.

Nachdem wir aufgelegt hatten, habe ich auch ein bisschen im Internet recherchiert. Man schien mit Golf tatsächlich ziemlich viel Kohle machen zu können. Mit einem Lächeln auf den Lippen dachte ich an die 1. Klasse, als es an meiner Tür klopfte. Ich ließ das Magazin unter dem Kopfkissen verschwinden und zog die Decke ans Kinn.

„Na, müde nach dem Spiel?", fragte Papa.

„Etwas", blökte ich wie ein Schaf.

„Oje, hast du Halsschmerzen?", fragte Papa. „Soll ich dir einen Kamillentee kochen?"

„Nein, alles gut", sagte ich und Papa erzählte drauflos wie gewohnt. Erst vom Wertstoffhof, dann vom Handball.

„Welche Taktik hatte René?"

Ich zog die Schultern hoch.

„Bedrückt dich was?"

„Gar nicht", sagte ich, was sogar stimmte, weil ich tatsächlich glücklich war. Dass ich ein bisschen neben der Kappe war, lag daran, dass ich Papa anlog. Ich dachte an ihn und Mama, ihre Dribblings, Sprungwürfe und heimlichen Blicke, Mama auf Papas Gepäckträger auf einer windigen Landstraße. Das war alles so romantisch.

„Komm schon, Kopf hoch, Schlumpi", grinste Papa. „René hat gesagt, dass er aus dir einen guten Außenspieler macht."

„Alles gut", sagte ich. „Wasser und Kühlpads zu verteilen, ist völlig okay."

„Gute Einstellung. Es geht nicht drum, der Beste zu sein, sondern dabei zu sein", sagte Papa und zupfte am Bettbezug, der etwas hochrutschte und den Blick auf das Etikett am Inlett freigab.

„Jysk", las ich laut. Mein Herz klopfte.

„Jysk?", fragte Papa, und ich suchte hektisch nach einer Möglichkeit, das Thema zu wechseln. Auf die Schnelle fiel mir nichts Besseres ein als das bevorstehende Handballturnier in Ikast.

„Stimmt, zwischen Weihnachten und Neujahr fahrt ihr ja nach Jütland", nickte er glücklich. „Komm, trainieren wir ein bisschen im Garten."

Papa drehte mir den Rücken zu und ich folgte ihm. Er hatte noch den orangen Overall vom Wertstoffhof an, auf dem Rücken das Namenslogo in großen, schwarzen Lettern.

Hinterm Mülleimer fand ich den Ball, den ich Papa

zuwarf. Er war vielleicht nicht mehr so sportlich wie früher, aber mit dem Ball konnte er immer noch gut umgehen. Die Bewegung tat, ehrlich gesagt, gut.

„Na, hast du Blut geleckt", sagte er, nahm Anlauf und pfefferte einen Sprungschuss an meinem linken Fußknöchel vorbei.

„111 fliegende Kilo", rief er und landete stöhnend im Gras.

„Alles okay?"

„Nur mein maroder Körper." Er drehte sich mit seitwärts ausgebreiteten Armen auf den Rücken wie ein Kreuz und streckte sich.

„Was ist passiert?"

„Ach, nur eine alte Verletzung."

„Aus deiner Zeit als Spitzenspieler?", sagte ich.

„Pass bloß auf, du."

Wie er da auf dem Boden lag und sich an den Rücken fasste, sah er wirklich ein bisschen aus wie *Unterschicht*. Ich setzte mich neben ihn und tätschelte seine Bauchwölbung.

„Wenn es fünf Klassen gibt, zu welcher gehören wir dann?", fragte ich.

„Was für Klassen denn? Was ist das für eine Frage?"

„Das ist gerade Thema in der Schule."

„Menschen sind Menschen", sagte Papa.

„Ich versuche nur, es zu verstehen."

„Das mit den Klassen ist mal wieder so eine Erfindung von nerdigen Ökonomen an ihren Computerbildschirmen."

Er stemmte sich auf den Ellenbogen hoch, sah getriggert aus.

„Ein paar wenige besitzen viel zu viel, während viel zu viele viel zu wenig haben", sagte er.

Ich ließ meine Hand auf seinem Bauch liegen und drückte zu.

„Au, au", stöhnte Papa.

„Was ist das Schlimmste, was du jemals gemacht hast?", fragte ich.

„Das willst du nicht wissen."

„Im Ernst, Papa." Er legte mir einen Arm um die Schulter. Das fühlte sich gut an. „Was war das Schlimmste?"

„Ganz ehrlich?" Papas Blick richtete sich nach innen. „Ich hab mal einen Hund angepisst", sagte er und sah mich ernst an. Dann lachte er.

„Du bist pervers", sagte ich. „Wenn das Nelly wüsste!"

„Hilfst du mir hoch?", sagte er und streckte mir seine Hand entgegen.

Ich surfte in der folgenden Zeit viel durchs Internet und wurde bald zum Golfprofi, zumindest in der Theorie. Beim Scrollen durch sämtliche Sportkanäle stieß ich auf European Tour, da konnte man echt was lernen. Und jeden Abend blätterte ich in dem Golf-Magazin von Louise und las die Anzeige für eine gratis Probestunde für alle, die wissen wollten, ob in ihnen ein Golftalent schlummerte.

Kern meinte, dass ich das auf alle Fälle *joinen* sollte.

„Das richtige Outfit hast du ja schon – Løvstrøm Invest", sagte er.

Für die kältere Jahreszeit musste ich mir was einfallen lassen. Den speziellen Kleidungsstil der Golfer gab mein Kleiderschrank definitiv nicht her. Aber kommt Zeit, kommt Rat. Ich stieg also mit meinem Bag in den Bus. Bis zum Golfplatz waren es acht Haltestellen, knapp zwanzig Minuten.

Nach dem Aussteigen sah ich mich erst einmal an der Haltestelle um. Auf der anderen Straßenseite führte ein schmaler Trampelpfad auf einen großen Parkplatz, dahinter lag das Clubhaus, das wie die renovierte Scheune eines alten Gutshofes aussah. Der grellgrüne Rasen wogte durch die Landschaft.

Ich hatte nie die Schule gewechselt, aber in diesem Augenblick konnte ich mir das Gefühl des ersten Schultags in einer neuen Klasse gut vorstellen, wenn sich alle Blicke auf einen richteten. Würden sie sich lustig machen? Oder wäre es ihnen egal? Wie tickte so ein Golfclub? Ich atmete tief ein und überquerte die Straße. Manchmal half nur der Sprung ins kalte Wasser: *Shit happens.*

Die Blicke waren okay, neugierig bis freundlich. Ein Lächeln hier, ein Nicken da, manche grüßten sogar.

„Tolle Schläger", sagte ein älterer Mann anerkennend nickend, ein anderer kommentierte mein Bag nach einem Blick mit einem kurzen „nice."

Ich ging in den Golf-Shop. Ein junger Typ in gestreiftem Poloshirt hinterm Tresen hob den Blick. Ich stellte die Tasche ab, schlug das Golf-Magazin auf und tippte auf die Anzeige mit dem Gratis-Training.

„Okay. Aber ...", er zeigte mit einem Nicken auf mein Golfbag. „Du hast doch eine Jahreskarte." Ich folgte seinem Blick zu dem Kartenetui am oberen Taschenrand. „Henrik Hansen", stand da.

„Ähm, ja, stimmt", stotterte ich. „Ich musste nur ... eine Weile wegen einer Verletzung aussetzen und fang jetzt wieder bei null an. Darum dachte ich, ich mach zum Neueinstieg ein Probetraining."

„Bei der Jahreskarte sind die Trainingseinheiten inklusive. Wir können gerne gleich heute ein paar Löcher spielen, wenn du magst."

„Echt, das geht?"

„Haben wir die Unterschrift deiner Eltern?"

„Ähm ... doch ... davon geh ich aus."

„Na dann, no problem", sagte er mit hochgestrecktem Daumen. „Wärm dich schon mal am Driving-Range auf, ich bin in zehn Minuten bei dir."

Driving-Range, dachte ich, das sind wahrscheinlich die kleinen Kabinen, die ich vom Parkplatz gesehen habe. Aber jetzt mal im Ernst, das lief alles fast zu glatt. *Ich war auf dem Golfplatz. Als Golfer mit Jahreskarte.*

Ich stellte mich in eine der Kabinen und machte ein paar Schläge. Es war zwei Uhr, ein paar ältere Paare waren unterwegs, aber niemand in meinem Alter. Ich hatte in den letzten Wochen mit YouTube trainiert, draußen im Garten, bevor Papa von der Arbeit kam. Ich hatte über die Büsche abgeschlagen und Putts auf unserem vermoosten Rasen geübt.

„Okay, Henrik", sagte eine Stimme hinter mir.

Ich schlug einen weiten Ball ab. Mein bisheriger Rekord. Er beschrieb einen langen Bogen durch die Luft.

„Henrik?", wiederholte die Stimme. Oh man, klar, ich drehte mich um. Henrik war ja ich. Vor mir stand der Typ aus dem Shop.

„Du bist fokussiert. Macht es Spaß, wieder am Start zu sein?"

Ich nickte.

„Rasmus", stellte er sich vor und zeigte zu einem Wimpel, auf dem eine 1 stand. Dann machte er mir die Schläge ein paar Mal vor, und es war eigentlich nicht allzu schwer. Er war total nett und geduldig, als er meine Körperhaltung korrigierte und wie ich den Schläger hielt. Erstaunlicherweise war ich gar nicht mal so schlecht. Wenn ich danebenschlug oder eine Furche in die Erde fräste, sagte er, das wäre nach so langer Pause nicht ungewöhnlich. Ein halbes Jahr Pause könne einen locker an den Anfang zurückkatapultieren, was bei mir aber gar nicht der Fall wäre. Golf war reine Psychologie, je verbissener man versuchte, gut zu spielen, desto schlechter wurde man. Es ginge darum, den Kopf abzuschalten und sich vom Spiel mitziehen zu lassen, wie eine Feder im Wind, sagte er und vollführte eine fließende Bewegung mit der Hand.

Feder im Wind, dachte ich und schickte LL in Gedanken ein Lächeln. René sagte beim Handballtraining manchmal was Ähnliches, aber da fühlte ich mich nie irgendwohin mitgezogen, egal was ich tat. Ich war definitiv kein geborener Handballspieler, hatte aber so ein vages Gefühl, dass das für Golf durchaus zutreffen könnte. Das Training lief bombig, und genauso fühlte ich mich auch. Wir gingen von einem Loch zum nächsten, und ich sah Spechte und Hasen und einen Schwarm Gänse. Und ich dachte an Papa, von dem ich die Liebe zur Natur gelernt hatte. Wie weggeblasen waren alle trüben Gedanken an soziale Klassen, Rechtsabbieger und Schnellkredite.

„Das läuft mit jedem Schlag besser, Henrik", lobte Rasmus mich. „Wie wär's mit achtzehn Löchern am Mittwoch?"

„Deal", sagte ich breit grinsend.

Er müsse jetzt zurück in den Shop, meinte er und zeigte zum Driving-Range.

„Es ist gut, zum Abschluss noch mal abzuschalten", sagte er.

Also stellte ich mich in eine der kleinen Unterstände und schoss Bälle in den leeren Raum vor mir, die wie kleine Planeten ihre Ellipsenbahnen zogen.

Ich packte meine Sachen zusammen und machte mich auf den Weg zur Haltestelle. Die Busse fuhren immer zur halben und zur vollen Stunde, das konnte ich mir merken.

„Bis zum nächsten Mal", rief Rasmus, der auf einer Bank saß und seine Schuhe putzte, hinter mir her. „Super Comeback, Henrik."

„Danke", sagte ich mit hochgestrecktem Daumen.

Der Schotter knirschte unter meinen Sohlen, als ich ein paar schlammige Pfützen umrundete. Der Wind blies stärker, ich fand es ziemlich frisch. Ich überlegte, was ich machen sollte, wenn es tatsächlich kälter wurde. Mit meiner ausgewaschenen Winterjacke und den Hochwasserhosen konnte ich unmöglich hier aufschlagen, und die hundert Kronen Taschengeld reichten höchstens für den Bus. Aber wie schon so oft in den letzten Tagen hatte ich das Gefühl, das Schicksal auf meiner Seite zu haben. Und meine Jahreskarte konnte mir keiner wegnehmen. Ich freute mich schon auf das nächste Training am Mittwoch. Und wow, 18 Löcher. Die erste Hürde war genommen, ich war jetzt offiziell ein Golfer. In meinem Kopf ging ich Rasmus' Tipps und Ratschläge noch mal durch, die ich zu Hause im Garten üben und verfeinern wollte.

Hinter mir war ein Klopfen zu hören, gefolgt vom elektronischen Summen einer herunterfahrenden Fensterscheibe.

„*Hallo Stranger*", sagte eine Stimme. Ich sah hoch und drehte mich um. Hinter dem winkenden Arm tauchte ein Gesicht auf. Oh shit, in dem SUV auf dem Parkplatz saß die Sonnenanbeterin.

„Ah, *hi*", sagte ich.

„Wohin des Wegs, Fremder?"

„Zum Bus", sagte ich mit einem Nicken Richtung Haltestelle.

„Bus!" Sie lachte. „*Serious*?"

Ich kam mir plötzlich wie der letzte Trottel vor. Bus passte natürlich nicht zu Birkesø und Golf.

„Hatte deine Mutter keine Zeit, dich zu fahren?"

Mein Hirn ratterte auf Hochtouren. Meine Mutter? Mein Vater? Auto?

„Die ist nicht zu Hause", sagte ich und hielt die Luft an.

Das Mädchen sah mir tief in die Augen.

Nicht zu Hause, meine nicht wirklich unwahre Standardantwort, wenn mir das Gespräch zu persönlich wurde. Zumindest nicht gelogen. Meine Mutter war nie zu Hause, aber vielleicht passte sie ja, Seite an Seite mit Lars Larsen, auf mich auf und lenkte von irgendwo meinen Weg?

„Mit dem Bus." Sie grinste. Dann sah ich, wie ich aus

dem Outfit schloss, ihre Mutter über den Parkplatz auf uns zukommen. Das war ganz sicher nicht aus der Grabbelkiste.

Der Gesichtsausdruck des Mädchens wechselte schlagartig in den Schmollmodus.

Ich winkte und ging Richtung Haltestelle an der niedrigen Steinmauer entlang, als der SUV hinter mir angefahren kam. Ich lief schneller und mein Herz klopfte, als das Auto neben mir anhielt. Wieder war das Summen der runterfahrenden Seitenscheibe zu hören.

„Willst du mitfahren?", fragte das Mädchen.

Was sollte ich darauf antworten. Die Mutter musterte mich mit zur Seite geneigtem Kopf und zusammengekniffenen Augen, als wäre ich ein Gegenstand, der ihr Kaufinteresse geweckt hatte.

„Klar ... gerne", sagte ich und das Mädchen zeigte auf die Tür zur Rückbank.

„Wir haben gerade meinen kleinen Bruder abgesetzt", sagte sie.

„Ah", antwortete ich geistreich.

Ich fuhr nicht oft Auto. Das von Kerns Mutter war schon echter Luxus, aber das hier war noch Klassen drüber. Was vielleicht an den cremeweißen Ledersitzen lag, wie Softeis.

„Wo soll ich dich absetzen?", fragte die Mutter, als wir nach Birkesø reinfuhren.

„Ich gehe das letzte Stück zu Fuß", sagte ich. „Ich, äh ... hab auf dem Weg noch was zu erledigen."

Die Wolken verzogen sich, offensichtlich hielten die

beiden da oben tatsächlich eine schützende Hand über mich. Die Mutter parkte das Auto auf der Auffahrt und ich stieg aus, zog mein großes Bag von der Rückbank und fuhr mir mit der Hand durchs Haar.

„Danke fürs Mitnehmen."

Die Mutter schob die Sonnenbrille ins Haar und sah mich wieder mit diesem speziellen Ausdruck an, den ich nicht gewohnt war. Ich *war wer*.

„Du ..."

„Henrik", sagte ich vorlaut.

„Henrik?", wiederholte sie.

„Jepp."

„Ungewöhnlicher Name für einen Jungen in deinem Alter. Ist das ein Familienname?"

„Mein Opa", log ich. Mein echter Opa Tommy war leider viel zu jung an Raucherlunge gestorben.

„Hast du fünf Minuten für mich?", fragte die Mutter.

Das Mädchen verdrehte die Augen. Erst jetzt sah ich, dass sie unter ihrer Jacke so eine Art Gymnastikanzug mit Strumpfhose trug. Ballett vielleicht?

„Lass Henrik in Ruhe", sagte sie und schickte ihrer Mutter einen genervten Blick, ehe sie sich zu mir umdrehte. „Sie will ein Foto mit dir machen ... du weißt schon ... *Insta-Mum*."

„Okay."

„*Influencer*", korrigierte die Mutter mit einem Zwinkern.

„Sie nutzt alle *Cuties* aus, die ihr vor die Linse laufen."

„*Cuties?*", fragte ich, und die Sonnenanbeterin verzog die Lippen auf eine spezielle Weise und nickte.

„Wäre das okay für dich? Das ist *fun*", sagte die Mutter und gab mehrere Türcodes ein, um die Alarmanlage auszuschalten.

Wir kamen in eine große Eingangshalle, also wirklich GROSS, aus der die Mutter in eine gigantische Küche abbog, zu der Kerns Küche im Vergleich die reinste Campingküche war. Da konnten sie echt einpacken. In der Mitte stand ein Esstisch von der Größe einer Insel. Das war Bali, Luxus pur. So eine Küche hatte ich noch nie gesehen und kam mir vor wie ein mickriger, aus seiner Umlaufbahn geworfener Planet. Wuppdich, einmal zu weit rechts abgebogen, willkommen in einem neuen Sonnensystem. Weiter weg von allem, was ich gewohnt war, ging nicht. Vestvejen, Zelten am See, Campen im fest installierten Wohnwagen und Handballturnier zwischen Weihnachten und Neujahr, oh, *so far far away*.

„Wir gehen am besten raus auf die Terrasse", sagte die Mutter. „Augenblick noch."

Sie nahm ein paar Gläser, füllte sie mit Smoothie und dekorierte sie mit Obststücken. Damit begaben wir uns nach draußen und setzten uns in ein paar coole Gartenmöbel. Die Mutter stellte sich vor uns.

„Die Styling-Meisterin", sagte das Mädchen und gähnte.

Die Mutter hatte sich eine Kamera über die Schulter gehängt. Sie schaute durch die Linse und zeigte auf mein Golfbag.

„Drapier sie ein bisschen beiläufig vor dir", sagte sie. „Und nimm den Driver in die Hand."

Ich hatte keinen Schimmer, was sie sich unter beiläufig vorstellte, und die Sonnenanbeterin sah uns mit versteinertem Gesichtsausdruck zu.

Ihre Mutter zog ein Paar Ballettschuhe aus einer Tasche und forderte ihre Tochter auf, sich mit dem Smoothie in der Hand hinzusetzen. Den Blick etwas zur Seite und auf den Boden gerichtet. Die Ballettschuhe legte sie auf den Tisch.

„Dreh den Kopf, Martine, die Wange zu mir."

Die Sonnenanbeterin hieß also Martine. Der Name, nach dem Louise vergeblich gesucht hatte, als sie mir das Golfset überlassen hatte.

„All right", sagte die Mutter.

Martine sah mich an und trat gegen meinen Fuß.

„Wir nehmen 300", sagte sie laut und sah mich an.

„Äh, ja?", sagte ich und lächelte in die Kamera. *Cheeese.*

„Keine Zähne, Henrik. Einfach ganz gechillt", sagte die Mutter.

„300", wiederholte Martine und starrte gelangweilt vor sich hin.

Shit. 300. Redeten wir gerade über Preise? Was ging hier ab?

„300. *Pro Person*", sagte sie.

Der Groschen fiel noch immer nicht. Es gab Muster, die ich nicht durchschaute. Einfach die Klappe halten, Mikkel, Mibba, Henrik! SCHWEIGEN ist Gold.

„Das ist ein angemessenes Honorar", sagte Martine. „Mama hat eine halbe Million Follower. Das hier ist reine Werbung. 300 ist eigentlich total unterbezahlt."

Ich verstand nur Bahnhof. Es ging schließlich um ein Foto, für das ich noch nicht mal in die Kamera schauen sollte.

„Sieh einfach gelangweilt aus und schau in eine andere Richtung", flüsterte sie.

„Feino", sagte die Mutter und sah sehr zufrieden aus.

Die Gedanken fuhren in meinem Kopf Karussell. Passierte das hier wirklich? War ich gerade zum Model geworden? 300 Kronen, das waren drei Monate Taschengeld.

Die Sonnenstrahlen kamen mir plötzlich golden vor. Gold, das ich einfach pflücken und in meine Taschen stecken konnte.

Zurück in der Küche holte Martine ihr Matheheft raus. Die Aufgaben waren eigentlich ganz simpel, waren aber völlig verkehrt ausgeführt.

„Zuerst die x-Achse, dann die y-Achse", sagte ich.

Ihre Mutter lächelte breit. „Hallo, jetzt sag nicht, dass du ein Zahlenmensch bist, Henrik?"

Ich nickte und zeigte auf eine Aufgabe. „Da soll die Fläche und nicht der Kreisumfang berechnet werden. Pi mal r hoch zwei."

„Was heißt r hoch zwei?", fragte Martine.

„Der Radius mit sich selbst multipliziert."

„So einer wie du fehlt uns gerade", sagte die Mutter begeistert.

Ich starrte weiter in Martines Heft. Keine Ahnung, wo ich mein Mathetalent herhatte, aber vielleicht war Mama ja mit Zahlen geschickter gewesen als mit links und rechts.

„Martines Mathelehrer hat uns empfohlen, Nachhilfe zu nehmen. Aber wo findet man so jemanden?", sagte die Mutter.

„Mama hat genauso wenig Peilung von Mathe wie ich", sagte Martine. „Und Papa ist nie zu Hause."

„Könntest du gleich anfangen? Wie wär's mit heute?"

Die beiden durchbohrten mich förmlich mit Blicken. Papa würde sagen: Manche kaufen sich von allem frei.

Ich dachte: Why not?

Schweigen war in vielen Lebenszusammenhängen ein echter Vorteil, ging mir einmal mehr auf. Besonders, wenn man sich als 4,5-Klässler unter Einsern bewegte.

Das Handy der Mutter piepste, sie antwortete mit einer kurzen Nachricht.

„250 Kronen? Also 500 pro Doppelstunde?", sagte sie, ohne aufzuschauen.

„Das ...", sagte ich, und da legte sie das Handy weg, kam zu mir und wuschelte mir leicht durchs Haar.

„Martine ist ein hoffnungsloser Fall, sorry, aber das kriegst du schon hin."

Hallo – träumte ich? Vier Mal im Monat 500 Kronen machten 2000 Kronen. IM MONAT. Plus die Knete von Instagram. Und mein Taschengeld.

„Abgemacht", sagte ich laut. Viel zu laut.

Die Mutter lächelte mich erleichtert an.

„Gehst du auch aufs Erling Hoppe?"

Erling Hoppe war eine Privatschule in Birkesø, von manchen einfach Hoppe genannt. Papa hat mal erzählt, dass Erling Hoppe ein dänischer Nazi war.

„Vibenvang", sagte ich.

„Vibenvang", wiederholte die Mutter, als spräche sie über eine verstopfte Toilette. „Gott, ich dachte, alle aus der Gegend hier gingen aufs Hoppe."

Ich zuckte mit den Schultern.

„Das Einzugsgebiet der Schule ist groß."

Ich dachte dabei an Ludvig, Karen, Olivia und Omar, die Einser und Zweier in meiner Klasse, aber ich sagte nichts. Sie kniff die Augen zusammen.

„Dein Vater ist aber nicht DER Løvstrøm, oder?", fragte sie mit Blick auf mein Trikot.

„Nein, nein." Ich schüttelte den Kopf. „Nein, er ist eher ... äh ... also, er arbeitet lieber ... anonym im Hintergrund", stammelte ich.

Himmel, was redete ich mir da für einen Stuss zusammen. Während ich noch nach einer besseren Antwort suchte, platzte sie heraus: „Jesus, anonym, wie spannend. Wer ist er?" Sie sah mich an, ohne zu blinzeln.

Ich dachte: Papa und Barsche, Papa und sein Gartengerümpel, Papa und Recycling. Obwohl das alte Handwaschbecken für Küchenkräuter Nellys Idee war.

„Er ist ... Entwickler", sagte ich.

„Wow", sagte die Mutter und zeigte ihre strahlend weißen Zähne, während ich mir kampfhaft meinen nächsten Zug überlegte.

„Entwickler", wiederholte sie lächelnd. „Da passen wir ja zusammen wie Topf und Deckel."

„Ähm, ja", sagte ich und drückte die Zunge an den Gaumen, wusste nicht, wie ich aus der Nummer wieder rauskommen sollte.

„In welcher Branche?"

„Äh, Technik", sagte ich. „Sortierung."

„Klar, Technik, Mathematik", sagte die Mutter.

„Mmm", nuschelte ich ausweichend.

„Jetzt wissen wir wenigstens, wo du das herhast." Sie vollführte einen Faustcheck mit der einen Hand, und ich lächelte. Ich log eigentlich nie, aber jetzt mal ganz ehrlich, es war schon sehr befriedigend, als 4,5-er mit dem kleinen Zeh in der 5. Klasse gnadenlos die Einser an der Nase herumzuführen.

Sie reichte mir ein Glas mit einem fremd und exotisch duftenden Getränk.

„Mit einer ordentlichen Portion Ingwer."

Ich trank einen Schluck, der im Mund brannte wie Chili.

„Technik ist eine Goldgrube", sagte sie.

Ich dachte *Mindestlohn,* was ich wohlweislich für mich behielt.

„Kennt man ihn aus dem Fernsehen?"

„Nja ... möglich", sagte ich und dachte an das You-Tube-Video vom Wertstoffhof, in dem vor chemischen Abfällen gewarnt wurde.

„Cool", sagte sie mit breitem Lächeln.

„Mm", nuschelte ich und suchte händeringend nach einem anderen Thema. Immerhin log ich nicht, ich sagte nur nicht ganz die Wahrheit.

Als ich mich verabschiedete, drückte sie mir 800 Kronen in die Hand – 300 für das Foto und 500 für die Mathenachhilfe. So viel Geld hatte ich noch nie bar auf der Kralle gehabt. Draußen und außer Sichtweite zog ich einen Schuh aus und steckte die Scheine in die

Socke. Und so ging ich mit meinem Golfbag und 800 Kronen in der Socke heimwärts. Und je näher ich dem Vestvejen kam, desto heftiger hämmerte mein Herz.

12

Papa sah mich irgendwie seltsam an, als ich zur Tür reinkam. Boah, dieser Blick! Als würde mir die Oberschicht nicht nur in der Socke stecken, sondern aus jeder Körperpore strahlen. Keine Ahnung, wie er das machte, manchmal war es echt unheimlich, wie Papa jedes noch so feine Signal auffing und förmlich die winzigste Veränderung in der Atmosphäre witterte. Als kleiner Junge habe ich mir vorgestellt, er wäre ein Drogenhund. So einer wie an den Flughäfen, die an den Hinterteilen der Passagiere erschnupperten, ob sie Drogen einschmuggelten.

Zum Glück fragte er nicht nach. Er streckte sich und zog die Arme nach hinten. Ein Druckknopf seines orangen Overalls sprang auf. Er stemmte die Hände ins Kreuz.

Armer, anonymer Jon, dachte ich und schämte mich.

„Wir zwei müssen mal wieder angeln gehen", sagte er, und ich fühlte mich noch mieser.

„Was Neues bei der Arbeit?", lenkte ich ab.

„Nichts Besonderes."

Ich grinste.

„Manche Leute kapieren es nie mit der Selbstbedienung. Die denken, wir würden ihren Schrott für sie durch die Gegend schleppen. Wer hat denen bitte ins Gehirn geschissen? Wir sind doch keine Gabelstapler." Er fasste sich wieder an den Rücken.

„Neue Container?", fragte ich.

„Na, jetzt werd mal nicht frech ... Nein, wir haben nur ein bisschen umdekoriert."

„Okay."

„Der Container 22 ist jetzt für Textilien und der 29er für Polstermöbel, Spiegel, Dachpappe, Matratzen und Tapeten."

Ich gähnte, unabsichtlich, aber abgesehen davon, dass es aufregendere Gesprächsthemen für einen Jungen in meinem Alter gab als Dachpappe, war ich einfach groggy.

„Im 14er-Container sind jetzt Plastik- und Blasenfolie, das ist Dennis' Verantwortungsbereich, aber der war in letzter Zeit ziemlich on/off, er hat sich krankschreiben lassen, weil seine Tochter Angstattacken hat und irgend so eine Online-Therapie macht."

„Und wie läuft es mit dir und Tinder?"

„Kinder mit Angstattacken. Was stimmt bloß nicht in unserer Gesellschaft?"

„Das soll ziemlich idiotensicher sein. Klick, klick, klick, und schon hast du ein Profil", sagte ich.

„Du immer mit diesem Tinder."

„Dennis hat dort eine Frau gefunden."

„Echt, bei Tinder? Ist das nicht schon wieder vorbei?"

„Ich muss noch Hausaufgaben machen."

„Du bist irgendwie komisch", sagte Papa.

„Quatsch", antwortete ich.

„Wann spielt ihr das nächste Match?"

Ich schluckte einen Kloß von der Größe eines Handballs herunter. Die letzten Trainings hatte ich geschwänzt. René hatte ich was von Problemen mit dem Knie geschrieben, und er hatte geantwortet: *Nimm dir alle Zeit, die du brauchst.*

„Na, wann?", hakte Papa nach.

„Nächste Woche, glaube ich."

Papa musterte mich skeptisch mit gekrümmtem Rücken und setzte sich aufs Sofa. Er ist eigentlich hart im Nehmen und klagt selten, aber jetzt hatte er Schmerzen, das war ihm anzusehen.

„Ich streck mich kurz aus", sagte er und war schon eingeschlafen, ehe er den Satz zu Ende ausgesprochen hatte. Er schnarchte geräuschvoll.

Ich ging raus in den Garten und übte ein paar Schwünge ohne Schläger, wie Rasmus es mir gezeigt hatte. Die Füße standen ganz still, während der Oberkörper sich drehte und die Arme eine Kreisbewegung nach hinten vollzogen, bis der Schläger im richtigen Moment senkrecht hinter dem Rücken lag. Das klappte ziemlich gut.

„Machst du Gymnastik?", hörte ich Nellys Stimme hinter mir. Ich konnte mir ein Lachen nicht verkneifen, als sie meine Bewegungen nachahmte. „Ich mach jetzt auch Online-Gymnastik – sieben Minuten wo auch immer, im Wohnzimmer, im Bad, das soll schon reichen."

Sie hielt einen Stabmixer hoch, den Papa sich mal ansehen sollte.

„Er schläft", sagte ich mit einem Nicken Richtung Wohnzimmer.

„Um diese Zeit?", fragte Nelly verdutzt, als wir gemeinsam zur Verandatür gingen. „Ist er krank?", fragte sie.

„Rücken."

„Dann setz ich mal Kaffee auf."

Nelly setzte Wasser auf und zauberte ein paar Kekse aus ihrer Tasche. Dann tippte sie Papa mit dem Stabmixer an den Kopf, der mit einem Japser hochschreckte.

„Hier ist er", sagte sie.

Papa setzte sich hin, während Nelly ihn zutextete.

„Ich hab Mikkel grad erzählt, dass ich jetzt Gymnastik mache. Sieben Minuten am Tag sind schon genug, Jon."

„Trainiert doch zusammen", schlug ich vor.

„Erst mal muss der Rücken kuriert sein", sagte Nelly und zwinkerte mir zu, weil Papa schon wieder viel besser drauf war. Dann erzählte sie was von irgendwelchen Blumenzwiebeln, die sie per Post an ihre alte Tante väterlicherseits nach Køge geschickt hatte.

„Die mit der Leber", sagte sie.

„Ah", sagte Papa.

„Hellgelbe Blüten. Wunderschön. Für ihre Balkonkästen."

„Wie lieb von dir", sagte Papa.

„Sie hat mich angerufen und sich für die Pralinen bedankt."

„Was für Pralinen?", fragte Papa.

„Sie dachte, das wären Pralinen, Jon. Sie hat die Blumenzwiebeln gegessen, meinte aber, dass sie schon etwas seltsam geschmeckt hätten."

„Blumenzwiebelpralinen", kicherte ich.

Papa lachte schallend, schnappte sich einen Schraubenzieher und werkelte an dem Stabmixer herum.

Nelly beugte sich zu mir rüber.

„Wir müssen ihn im Auge behalten", flüsterte sie.

„Hm", antwortete ich und zeigte zu meiner Zimmertür. „Ich muss mal eben ..."

Ich sprang aufs Bett, öffnete Instagram und fand ziemlich schnell das Profil von Martines Mutter. *Da war ich!* Das war ganz schön schräg, mich auf Instagram zu sehen. Auf dem Foto war ich eindeutig Klasse 1. Es sah ein bisschen so aus, als hätte Martines Mutter einen Filter angewendet, ich sah viel besser aus als normal. Mein Herz hämmerte, als ich Martine und mich sah, ich mit dem Golfschläger auf meinen Oberschenkeln.

Life is good. Henrik and Martine – best friends, stand unter dem Bild. Gefolgt von einer Reihe Kommentaren in verschiedenen Sprachen. *Aah, SO nice, SO hübsch – von wem sie das wohl haben* 😊

13

„Also, du sitzt da auf einer Bank in Birkesø und lernst eine Frau kennen, die dir einfach so ein schweineteures Golfset schenkt!?", sagte Kern ein paar Tage später.

Wir kamen grad aus der Schule und hingen mit einer Packung Zimtschnecken vor der Tanke ab.

„Ja, ich bin halt unwiderstehlich", sagte ich mit einem Zwinkern. „Nächstes Mal überlässt sie mir ja vielleicht einen Ferrari!"

„Und dann taperst du mit dem schweineteuren Golfset in den Golfclub und wirst von einer steinreichen Tante kutschiert, die dich dafür bezahlt, nicht *Cheeeese* zu sagen und ihrer hirnamputierten Tochter Mathenachhilfe zu geben?"

„Also, ganz dumm kann sie nicht sein, immerhin geht sie aufs Hoppe", sagte ich.

„Ha, du bist in sie verknallt." Kern schickte mir ein paar Luftküsse.

„Quatsch."

„Ich sehe dein Herz klopfen ...", sagte er.

Blöd wie ich war, schaute ich auf meinen Brustkorb runter.

„Sag ich doch, verknallt."

„Blödmann." Ich grinste.

„*Love*", säuselte Kern.

„Shut up", sagte ich und dachte an alle möglichen Dinge, die er einfach nie verstehen würde. Zum Beispiel, dass mich noch nie, wirklich NIE, ein Mädchen *so angesehen* hatte. Ich warf eine Zimtschnecke in die Luft und fing sie wieder auf.

„Ist sie auch verknallt in dich?"

„Ich geb ihr Mathenachhilfe", sagte ich. „Das ist rein geschäftlich!"

„Fair enough, nice", sagte Kern und wollte mehr über Golf und den Club hören.

„Das war total super!", sagte ich begeistert.

„Echt jetzt?"

„Das war irgendwie ... *Ich* ..."

„Bist du gut?"

„Ziemlich", sagte ich und Kern strahlte mich an. Wir brachten uns auf den neusten Stand, was wir gerade so machten, ohne darüber zu reden, wie es in uns drinnen aussah. So wie Ove im Dänischunterricht meine Platzierung auf der untersten Sprosse der Sozialleiter übersprang, verplemperten Kern und ich keine Zeit auf Schnellkredite und die Tatsache, dass ich eine soziale Null war oder Papa nicht so eine Strohhalmfigur hatte wie die Mitglieder der Kernfamilie.

Über diese Dinge sprach ich mit niemandem, wahrscheinlich hätte Kern es auch gar nicht verstanden. *Du bist nice, Mikkel,* würde er wahrscheinlich sagen, und *Niemand denkt, dass ihr in einer Bruchbude lebt, so 'n Quatsch, und dein Alter ist doch echt 'ne coole Socke.*

Dafür hatte Kern andere Stärken, und wenn er sich mal für was begeisterte, dann richtig – *big time*. So wie er jetzt alles über Golf wissen wollte, fast besessen. Ich sah ihn vor mir, vor seinem Computerbildschirm, Kopfhörer auf den Ohren und die Websites über Golf vor sich.

„Da kann man echt Kohle scheffeln", wiederholte er immer wieder. „Selbst als durchschnittlicher Spieler ... richtig Kohle, Mikkel."

Er zeigte mir ein paar Listen auf seinem Handy und meinte, die Profis würden sich dumm und dusselig verdienen. Er überlegte auch schon, mit Golf anzufangen, weil Basketball nur in den USA interessant war und seine Mutter sterben würde, wenn ihr einziger Sohn dahin auswanderte.

Ich erzählte Kern von *Henrik Hansen* und schickte im Stillen haufenweise Entschuldigungen an Louise, weil ich mir echt mies vorkam, ihren dahingeschiedenen Henrik so zur Lachnummer des Jahres zu machen. Irgendwann prustete Kern so herzhaft mit hochroter Birne, dass er kaum noch Luft bekam und ich mir ernsthaft Sorgen um ihn machte.

„Alles okay?", fragte ich.

„Henrik", japste Kern. „Wie unser fucking Prinz Henrik, Mikkel."

Danach hatten wir zusammen die weltgrößte Lachattacke, nach der ich meine nächsten Spitznamen weghatte: Mikkel, Mibba und *Prinz Henrik von Dänemark*.

Ich hab dann zu Hause erstmal gegoogelt. Prinz Henrik ist 2018 gestorben, kam aus Frankreich, hat die dänische Kronprinzessin Margrethe geheiratet und damit das halbe Königreich bekommen. Das war ein bisschen eine andere Hausnummer als bei mir, aber er war sozusagen genauso ein Quereinsteiger wie ich.

Go for it, Henrik, dachte ich. *Go go go.*

Ove wollte, dass wir uns eine Sozialklasse aussuchen und ein kurzes Referat darüber halten. Wir sollten möglichst eine Klasse wählen, der wir nicht selber angehörten, sagte er, um uns in das Leben anderer Menschen einzufühlen. Er selbst entschied sich für die Klasse 3.

„Genau in der Mitte", sagte Ove mit zusammengekniffenen Augen. Er aß ein Käsebrot und einen Apfel. Das passte gut zu Klasse 3.

„Ich nehm Klasse 5", grinste Anton. „Und wir dürfen echt über die Looser schreiben?"

„Die werden doch alle vom Staat durchgefüttert", stimmte Linus ein.

„Jetzt kommt bitte nicht mit solchen Vorurteilen", sagte Ove gestresst. Er mied meinen Blick, und ich hielt die Klappe.

Ich hatte keine Lust, über das Leben anderer Leute zu schreiben und war genervt von Ove und Kern mit seinem irritierenden Quookergrinsen. Ich konnte mir lebhaft vorstellen, was er im Wikipedia-Seicht-Stil über die Klasse 5 schreiben würde: *Der durchschnittliche Fünftklässler hat keine Ausbildung und gehört deshalb zu den schlecht bezahlten Arbeitnehmern. Für Markenklamotten und gesunde Ernährung reicht das*

Geld hinten und vorne nicht. Billige Nahrungsmittel können zu Übergewicht führen und schlechte Arbeitsbedingungen Krankheiten auslösen wie beispielsweise Rückenprobleme. Gewöhnliche Aktivitäten wie Urlaub oder Freizeitgestaltung sind so gut wie ausgeschlossen.

„Alles im Lot?", fragte Ove, der plötzlich vor mir stand.

„Warum nicht? Ich denke nur nach."

„Nachdenken ist immer gut", sagte er.

Ich nickte.

„Es rattert im Gebälk." Ove lachte und ich stand auf.

„Wo willst du hin?", fragte er.

„Zahnarzt", antwortete ich und biss die Zähne zu einem Kassenlächeln zusammen.

Ich ging zur Tür, ohne mich noch einmal umzusehen. War mir das Lügen schon zur Gewohnheit geworden? Einer ziemlich erfolgreichen Gewohnheit? Da musste ich erst in mein Alter kommen, um festzustellen, wie leicht Schwänzen war: Handball, Schule, Unterricht. Es war ganz simpel. *Easy.*

Ich nahm meine Jacke, überquerte den Schulhof und die breite Straße und ging in den Wald. Am Birkesee nahm ich mein Handy heraus und schickte Martine eine Nachricht.

„Sehen uns um zwei", schrieb ich.

„Yes", antwortete sie eine Sekunde später.

Ich hing rum, wartete, warf Kiesel ins Wasser und machte Fischskelette aus ein paar Blättern, als ich eine Stimme hinter mir hörte.

„Na, das ist ja eine Überraschung, Mikael." Louise

kam freundlich lächelnd auf mich zu. Ich spürte gleich wieder ihre beruhigende Ausstrahlung.

„Was machst du hier?", fragte sie.

„Ich bin auf dem Weg zu einem Job. Bei Ihren Nachbarn."

„Ach, wie kommst du dazu?"

„Einfach so."

„Kennst du sie denn?", fragte sie mit hochgezogenen Augenbrauen.

„Nicht wirklich", sagte ich. „Aber ist ja auch nur ein Job."

„Die stellen für alles Leute ein", sagte sie lachend. „Und was machst du? Den Pool reinigen?"

„Ich gebe der Tochter Mathenachhilfe."

„Glückspilze", sagte sie.

Wir saßen nebeneinander auf der Bank und schauten über den See. *Typisches Barsch-Wetter,* hätte Papa garantiert gesagt, wenn er dabei gewesen wäre.

„Ich freu mich übrigens wirklich sehr über das Golfset", sagte ich.

„Der Driver ist wirklich gut, oder?"

„Absolut."

„Vielleicht sehen wir uns ja mal im Club?"

„Ja, vielleicht", sagte ich.

„Und wenn du irgendwann Lust auf einen anderen Job hast, weißt du ja, wo ich wohne."

„Okay", sagte ich.

Sie lächelte und strich mir übers Haar.

„Du bist was Besonderes", sagte sie, und da hatte ich

plötzlich das Bedürfnis, ihr alles zu erzählen. Die ganze Wahrheit. Aber stattdessen atmete ich tief ein und verabschiedete mich, weil es zwei Minuten vor zwei war und ich um zwei mit Martine verabredet war.

Über die Entdeckung meiner pädagogischen Fähigkeiten und die Aktivierung meiner Geduld hinaus, lernte ich noch eine Menge andere Dinge. Über Yoga zum Beispiel. Sie hatten einen persönlichen Trainer, der zu ihnen ins Haus kam und ihnen die Kobra und den Hund vormachte. Bei der *Kobra* lag man auf dem Bauch und streckte den Oberkörper nach oben wie eine Giftschlange. Und beim *Hund* streckte man im Vierfüßlerstand das Hinterteil hoch in die Luft.

Ich lernte völlig neue Gemüsesorten kennen – Artischocken und Pak Choi. Und Kaffee war nicht einfach Kaffee. Papa machte seinen immer in der roten Maschine aus Container 16, *Elektronische Artikel,* aber Martines Mutter sprach eine eigene Kaffeesprache. *Lungo, Americano, Frappé, Flat White,* sagte sie und hatte jeden Tag Kaffeedates. Und ständig brachten Lieferwagen irgendwelche Dinge, die sie arrangierte und fotografierte und in ihrem Profil hochlud. Unsere Aufgabe war es, neben den Dingen zu stehen und beiläufig zur Seite zu schauen.

„*Perfect*", sagte sie. „Und schau nach unten, Martine, Wange zu mir."

Ich konzentrierte mich, nicht *Cheeeese* oder *reiche Säckeeee* zu mimen – und man mag einiges über mich sagen, aber gelehrig war ich. 300 Kronen war unser Standardpreis geworden. Das lief fast zu geschmiert.

Wenn Martines Mutter von nervigen Au-pairs erzählte, die vor Ablauf ihrer Zeit gegangen waren, und von ihrer gestörten Nachbarin (wahrscheinlich Louise), verdrückte ich mich unauffällig auf die Toilette. Ich fragte nicht nach, aus welchem Grund die Au-pairs verschwunden waren, und redete mir ein, dass sie mit der nervigen Nachbarin die auf der anderen Seite meinte. Das war ihre Sache, da mischte ich mich nicht ein.

An einem Nachmittag, als wir gerade Bruchrechnung machten, dachte ich darüber nach, was es wohl mit der *Wange* auf sich hatte. Offensichtlich starrte ich, weil Martine fragte:

„Ist was?"

„Ähm, ich dachte nur grad an die Fotos von deiner Mutter", sagte ich.

Sie fasste sich an die Nase. „Ich weiß, dass sie riesig ist", sagte sie.

„Nein, gar nicht", sagte ich.

„Meine Nase ist hässlich."

„Sie ist schön", sagte ich und hätte mir in die Zunge beißen können.

Sie kritzelte so lange auf der gleichen Stelle herum, bis das Blatt ein Loch hatte.

„Mama ist so Panne", sagte sie.

Da hatte sie wohl recht, aber wie gesagt, ich war der Junge ohne eigene Meinung, und sie bezahlte extrem gut. Was ich ihr natürlich nicht sagen konnte, also fragte ich stattdessen nach ihrem Vater. Und wieder eierte ich herum und verdrängte meine Lügen. Wenn ich an die dachte, wurde mir ganz anders. Ich spielte meine Rolle so gut wie möglich und hoffte, dass LL irgendwo da oben über mich wachte.

„Mama und Papa sind sich ziemlich ähnlich", sagte Martine.

Ich wusste, dass ihr Vater in der Weltgeschichte unterwegs war, fand es aber schon merkwürdig, dass er so lange von zu Hause weg war.

„Er ist in Dubai", sagte sie. „Da war irgendwas mit einer Steuersache, weshalb es besser ist, wenn er eine Weile dort bleibt."

„Steuer?"

„Schulden", seufzte Martine.

„Hm", sagte ich.

„Träumst du nie davon, in einem kleinen Haus zu wohnen und nichts zu haben?", fragte sie.

Ich fühlte meinen Puls bis in die Lippen.

„Brettspiele, abgewetzte Möbel und mit der Hand spülen", redete Martine weiter. „Wie in solchen altmodischen Filmen." Sie sah mich durchdringend an.

„Doch", antwortete ich.

„Ein kleines Haus", wiederholte sie.

Und wieder überkam mich dieses Bedürfnis, die Wahrheit zu sagen.

„Vielleicht ist das ja unser Traum", sagte sie.

„Hm", sagte ich kurzatmig, als es glücklicherweise an der Tür klingelte. Der Fensterputzer war da.

„Ciao, ciao", verabschiedete ich mich mit dem Lieblingsgruß ihrer Mutter von Martine und nahm das Geld, das sie mir auf den Küchentisch gelegt hatte. Den größeren Teil davon legte ich beiseite, ich hatte schon eine ordentliche Summe zusammen. Vom Rest hatte ich mir ein Paar Golfschuhe gekauft, nachdem Rasmus mich gefragt hatte, wieso ich in meinen weißen Adidas spiele. Ich hatte mich damit rausgeredet, dass meine alten Golfschuhe zu klein wären, worauf er im Internet ziemlich coole Schuhe mit 60% Rabatt gefunden hatte. Mit Kerns aussortierter Windjacke war ich einigermaßen gut ausgerüstet für die kältere Jahreszeit.

Rasmus lobte mich weiter über den grünen Klee. Er konnte es schier nicht fassen, wie schnell ich Fortschritte machte, und freute sich schon auf meine ersten Turniere. Seltsamerweise war mir das mit dem vielen Geld, das man mit Golfen verdienen konnte, ziemlich egal, auch wenn Kern kaum von was anderem redete.

Für mich war Golf etwas anderes. Da vergaß ich die Zeit. Ich konnte nie sagen, ob eine Stunde oder drei vergangen waren, wenn ich mal loslegte. An einem Nachmittag entdeckten wir bei Loch zwölf eine verletzte Ente, sie riss den Schnabel auf und der eine Flügel war halb abgerissen. Sie starrte mich mit schwarzen Knopfaugen an.

Rasmus verpasste ihr mit einem Schläger einen zielsicheren Schlag in den Nacken. Danach gruben wir mit einem Klappspaten, den er im Golfbag dabeihatte, zwischen den hohen Birken ein Loch und bestatteten sie dort.

„Alle Leute mit Vorurteilen über Golf", sagte Rasmus, „sollten uns jetzt hier sehen, wie wir die Ente feierlich begraben."

„Ja", sagte ich.

„Verstehst du, was ich damit sagen will?"

Ich hatte ein Déjà-vu von meinen Angeltouren mit Papa, was ich natürlich nicht sagte, aber ich wusste genau, was Rasmus meinte.

Man könnte sagen, dass dieser Tag die große Wende war. Ich stand nach einer erfolgreichen Golfrunde an der Haltestelle vorm Clubhaus und wartete auf den Bus. Besonders beim Putten machte ich Fortschritte. Vielleicht half mir ja mein mathematisches Denken beim Berechnen der Ballrichtung und des Dralls um das Loch herum. Ich zielte nie direkt aufs Loch, schon gar nicht bei Bodenneigung, sondern immer etwas schräg dran vorbei, damit der Ball das letzte Stück ins Loch rollen konnte.

Ich stand also an der Haltestelle und grinste zufrieden vor mich hin. Der Nieselregen machte mir nichts aus, ich drehte das Gesicht nach oben und schmeckte die Regentropfen.

I love it, murmelte ich leise, als ich ein bekanntes Geräusch hörte und aus dem Augenwinkel Martines Auto sah. Dieser *Luxus* auf vier Rädern – an die Ledersitze konnte ich mich echt gewöhnen. Wir winkten uns über die Distanz zu, als der Wagen in Zeitlupe auf mich zurollte. Und aus vielleicht zehn Meter Entfernung fiel mir erstmals auf, dass das Kennzeichen ein LL enthielt.

LL, hauchte ich atemlos.

Martine zeigte auf die Tür.

Ich war wie erstarrt.

„Führst du Selbstgespräche?", fragte Martine, als ich die Tür öffnete.

Ich hatte keinen blassen Schimmer, was das mit LL und Lars Larsen zu bedeuten hatte, aber irgendwas war da! Auf der Bank mit Louise hatte mir meine gechillte Neugier ein Golfbag beschert und die Tür zu einer neuen Sportart aufgestoßen. Aber das Kennzeichen aktivierte meine Alarmantennen: Ich war auf der Hut.

„Steig ein", sagte Martine. „Bevor du Wurzeln schlägst."

Ich rutschte auf die Rückbank, wo das Brummen des Motors und der Regen nur noch als leises Hintergrundgeräusch zu hören waren. Martine drehte sich um.

„Hallo?", sagte sie.

„Sorry, ja, hallo", antwortete ich.

„Musik?", fragte sie und schaltete das Radio ein.

Nelly hätte wahrscheinlich gesagt: *Es gibt mehr zwischen Himmel und Erde, Mikkel, als man denkt,* aber das war es nicht, was mir durch den Kopf ging. Es war eher, als würde mir jemand mit dem Zeigefinger auf die Schulter tippen, um ein bevorstehendes, wichtiges Ereignis anzukündigen.

Martine lächelte wieder. Ich lächelte zurück.

Ihre Mutter hatte ein Headset auf und sprach mit einer Freundin.

„See you, honey", sagte sie und sah mich im Rückspiegel an.

„Dein nasses Haar hat was, Henrik", sagte sie.

„Äh, was?", fragte ich verwirrt.

„Mit dem Look könnten wir ein cooles *heavy rain*-Foto machen." Sie wedelte mit der Hand und faselte was von Wildnis-Ambiente – sumpfig grün und ungezähmt. Für einen gesponserten Post eines mobilen Grills und irgendwelcher Picknickkörbe, für den sie Verkaufsprovision bekam. Jetzt hatte sie die geniale Idee, wie sie das Ganze mit mir als Hauptact gestalten wollte.

Martine stöhnte, und eigentlich hatte ich keine Lust, aber das war einfach zu easy verdientes Geld, von dem ich ja vielleicht mal was für Papa kaufen konnte. Er lästerte zwar immer über die *Sushifresser,* aber mal ehrlich, vielleicht war das ja total sein Ding. Martines Mutter bestellte immer bei Gourmet Sushi.

Die Scheibenwischer fuhren quietschend hin und her wie Knochenärmchen: *Nein, nein, nein.*

Martines Mutter wechselte den Kanal zu einem bekannten Popsong und fuhr an der Abfahrt nach Birkesø vorbei. Vielleicht musste sie noch was für das Shooting besorgen, ging mir durch den Kopf, als sie den Blinker setzte und von der Straße zum Wertstoffhof abbog.

„Wo fahren wir hin?", fragte ich mit Schnappatmung.

Sie hörte mich nicht wegen der lauten Musik.

„Ähm ... wo fahren wir hin?", fragte ich lauter.

Martine drehte die Lautstärke runter.

„Ich habe einen Haufen Müll im Kofferraum", sagte

Martines Mutter und drehte die Lautstärke wieder hoch. Ich konnte ihren Mund im Rückspiegel sehen.

„Dauert höchstens fünf Minuten", sagte sie. „Das Gerümpel liegt da schon hundert Jahre drin."

„Gerümpel", wiederholte ich. „Kann ich das haben? Ich sammele altes Zeugs."

Sie lachte.

„Zerbrochene Kacheln und eine rostige Mikrowelle, das kann ich mir nicht vorstellen, Henrik."

Vor uns lag der Wertstoffhof. Das Gebäude, in dem man Batterien und Malerfarbe abgeben konnte. Ich sah die Schranke am Eingang und die viereckigen, roten und blauen Container wie große Schiffe auf dem Meer.

„Puh, mir geht's gar nicht gut", sagte ich und streckte mich auf der Rückbank aus.

„Was ist los?", fragte Martine.

„Ist dir schlecht?", fragte die Mutter. „Such eine Tüte, Martine. Übergib dich bitte nicht im Auto, Henrik."

Ich lag auf der Rückbank, den Kopf auf dem Sitz. Mikkel, Klasse 4,5. Ein Planet, der seine Umlaufbahn verlassen hatte. Ein Planet auf Abwegen. Ein Planet, der irgendwann verglühen würde, CRASH, end of story. Ich stöhnte leise.

„Die haben dort doch bestimmt eine Toilette", meinte Martine.

„Nicht nötig", sagte ich. „Ich bleib einfach liegen, alles gut!"

Ich drückte mein Gesicht in das Lederpolster, das plötzlich widerlich nach rohem Fleisch roch.

„Zwei Minuten", sagte Martines Mutter und schaltete den Motor aus. Sie warf einen kurzen Blick in den Spiegel, stieg aus und ging zum Kofferraum. Mir stieg der spezielle Wertstoffhofgeruch in die Nase, als sie die Klappe öffnete.

„Die Kacheln kommen in die Elf", hörte ich Papa sagen, seine Stimme kratzte in meinem Gehörgang. Ich machte mir vor Schiss fast in die Hose.

„Kacheln", wiederholt Martines Mutter einschleimend.

„Yes, yes", antwortete Papa höchstens zwei Meter von mir entfernt. Jetzt mischte sich sein Duft unter den Wertstoffgeruch.

„Die sind aber sehr schwer ..."

Papa räusperte sich.

„Könnten Sie vielleicht ..."

„Ha – ha."

Oh, das Lachen kannte ich – ein *Ho, ho, so haben wir nicht gewettet.*

„Das wäre aber wirklich ganz reizend ...", schleimte sie weiter.

„Erstaunlich", erwiderte Papa, „wie kurzsichtig manche Leute plötzlich sind, wenn sie auf das Gelände fahren."

Mein Gesicht in die Lederpolsterung gedrückt, sah ich ihn vor meinem inneren Auge auf das riesige Schild mitten auf dem Platz zeigen, auf dem in großen Blockbuchstaben SELBSTBEDIENUNG stand.

Ich hörte seiner Stimme an, dass er sich bemühte,

freundlich zu bleiben. Wie bei den Gelegenheiten, wenn Leute auf ihn zeigten und seine Figur kommentierten, blieb er äußerlich ruhig. Aber ich kannte ihn und hörte, dass in seiner Stimme auch etwas zutiefst Genervtes mitschwang. Am liebsten hätte er sie eigenhändig in den Container für Elektronik und Dachpappe geschmissen, und shit, ich konnte ihn gut verstehen.

„SEEELBST-BEEE-DIIIE-NUNG", sang Papa, so wie er auch *Reiiiche Säääcke* sang. Mit seiner privaten kleinen Melodie.

„Was soll denn der schnippische Ton", zischte Martines Mutter.

„SELBSTBEDIENUNG", wiederholte Papa.

„Arbeiten Sie hier, oder nicht?", sagte sie.

„Ja", antwortete Papa. „Aber ich bin kein Gabelstapler."

„Ich habe nicht die passende Kleidung zum Schleppen an."

„Sie können sich gerne umziehen, wir haben eine Toilette", sagte Papa.

„Oh Gott, wie peinlich", flüsterte Martine. „Kann sie nicht einfach die Kacheln in den Container schmeißen?"

„Dreihundert?", sagte Martines Mutter.

„Ähm ... Wie bitte?"

„Oh nein, das halt ich nicht aus", sagte Martine. „Jetzt besticht sie ihn auch noch."

„Machen Sie sich auf eine Beschwerde gefasst", sagte Martines Mutter.

„Fahren Sie bitte ein Stück vor", sagte Papa mit einem veränderten Ton in der Stimme. „Da möchte gerne jemand zum 11er."

Ich stellte mir vor, wie er sich ins Kreuz fasste.

Die Schritte von Martines Mutter kamen näher. Sie riss die Fahrertür auf, schob sich hinters Lenkrad und knallte die Tür zu. Zündete den Motor und schnaufte.

„Fette Sau", sagte sie und gab Gas. Ich dachte an Moby Dick und XXL. Hätte sie das gesagt, okay, aber *Fette Sau* war noch eine Schippe drauf.

„So ein Loser", schimpfte sie. „Der ist bestimmt über eine Arbeitsbeschaffungsmaßnahme hier."

Ich bebte innerlich. Ich zitterte. Wäre mir nicht schon schlecht gewesen, dann spätestens jetzt.

Ich drückte mein Gesicht in das Softeispolster.

„Selbstbedienung, leck mich doch", sagte Martines Mutter.

„Jetzt reg dich wieder ab, Mama", sagte Martine. „Es geht um ein paar Piss-Kacheln."

Ich setzte mich ruckartig auf wie von einem unsichtbaren Band hochgezogen. Als der Wagen an einer roten Ampel hielt, stieß ich die Tür auf.

„Henrik", rief Martines Mutter. „Was ist mit den Fotos!"

Ich sprang raus.

Hau ab, rief eine innere Stimme. Weg, weg, weg.

„Henrik", hörte ich ihr Rufen hinter mir, aber ich rannte einfach weiter. Über den Gehweg Richtung Vestvejen, wo ich mich im Hinterhof von Leos Kebab versteckte und fand, dass Papa das echt nicht verdient hatte.

Mein Handy vibrierte. Martine schickte mir einen Haufen Nachrichten.

Alles okay mit dir?, las ich.

Ich kam bis auf die Knochen nass zu Hause an und schmiss meine Klamotten in einem Haufen auf den Boden.

„*Heavy rain, leck mich*", flüsterte ich und fiel aufs Bett, völlig schlapp, und schlief sofort ein.

Ich würde von Geräuschen in der Küche geweckt und hörte Nellys Stimme. Mein Wecker auf dem Schreibtisch sah mich mit roten, elektronischen Augen an. Papa würde gleich nach Hause kommen. Als ich auch noch die Stimmen von Flip und Dennis erkannte, stand ich auf und ging in die Küche. Sie schienen schon eine ganze Weile da zu sein.

„Ich hab zwei Fische gefangen", verkündete Flip.

„Du hast geschlafen wie ein Baby", sagte Nelly. „Da haben wir einfach schon mal angefangen."

Es sah lecker aus, was sie vorbereitet hatten. Sie hatten aufgeräumt, den Tisch gedeckt und Kartoffelsalat und Pommes gemacht. Die ausgenommenen Barsche lagen filetiert auf dem weißen Schneidebrett.

„Dein Vater muss ein bisschen verwöhnt werden", sagte Nelly. „Das war meine Idee."

Sie ließ sich aufs Sofa plumpsen, als ich Papa draußen an der Tür hörte. Die Tür fiel mit einem Klick ins Schloss, sein Rucksack landete auf dem Boden.

„Teufel, was macht ihr denn hier", sagte er, als er in die Küche kam. „Das ist ja mal 'ne Überraschung."

„Setz dich", sagte Nelly und stellte eine Schale Erdnüsse auf den Tisch. Flip machte sich noch ein Bier auf.

„Sieh dir die zwei Oschis von dreieinhalb Kilo an", sagte er.

„Ja, die Barsche beißen gut im Moment", sagte Papa mit einem Nicken und schlug Flip anerkennend auf die Schulter.

Das war alles so unwirklich und zugleich so vertraut. Papa legte Achtzigerjahre-Musik ein. Ich grinste.

„Auf euch", sagte er und prostete den anderen zu. Nelly klopfte neben sich aufs Sofa und sagte: „Setz dich zu mir, Mikkel."

Sie legte mir einen Arm um die Schulter. So saßen wir da, bis sie die Horoskope auf ihrem Handy öffnete.

„*Die Planeten stehen Ende des Monats in einer perfekten Konstellation zueinander*", las sie vor. „*Es stehen große Umwälzungen bevor. Sei geduldig und warte auf den richtigen Zeitpunkt.*"

„Na, guck an", sagte ich. „Da kannst du dich ja auf was freuen!"

„Mal schauen, was deins sagt ... mein kleiner Krebs", sagte sie.

„Okay", sagte ich und hatte das Gefühl, dass sie schon ein oder zwei Gläser Wein intus hatte.

„*Schalte deinen gesunden Menschenverstand in Be-*

ziehungen zu anderen Menschen ein und bleib stand-
haft, wenn notwendig", las sie.

„Ein Hoch auf deine Horoskope", sagte ich nickend.

Sie schnitt eine Grimasse. „Du weißt, dass du immer zu mir kommen kannst, Mikkel. Du bist sozusagen
mein ... mein ... du weißt schon?"

„Dein was?", fragte ich.

„Wir kennen uns schon immer, nicht wahr? Und ist
es nicht gut, dass wir für Jon da sind?"

„Doch", sagte ich.

„Sieh ihn dir an", sagte sie und betrachtete Papa mit
zur Seite geneigtem Kopf.

„Mh", sagte ich und war froh, dass ich nichts von
Gourmet Sushi mitgebracht hatte.

Ich stützte mich auf der Armlehne ab und schaute
aus dem Fenster. Hinter der Hecke floss der Verkehr in
einem endlosen Strom vorbei. Ich hätte es in dem Auto
keine Sekunde länger ausgehalten. Und jetzt schickte
mir Martine, die absolut nichts dafür konnte, so viele
Nachrichten, als wollte sie was wiedergutmachen. *Du
Armer, reisekrank?* stand in der ersten Nachricht, später schrieb sie, dass ihre Mutter einfach grottenpeinlich
wäre, ohne das weiter zu vertiefen.

Nelly stieß mich in die Seite.

„Ich muss dir übrigens noch was anderes zeigen",
sagte sie und knabberte genüsslich eine Handvoll
Chips. „Ich folge seit Kurzem dieser Influencerin."

Sie öffnete ein Profil. Mein Herz klopfte wie verrückt.
Ich war eindeutig nicht geschaffen für solchen Stress.

„Da hab ich doch tatsächlich einen Doppelgänger von dir entdeckt. Er heißt Henrik." Nelly lachte.

Ich fiel von einer Ohnmacht in die nächste. Planet Mikkel befand sich zum zweiten Mal an diesem Tag mitten in einer Kernschmelze.

„Was für ein Snob", sagte ich.

„Einer aus der Oberschicht", sagte Nelly. „Guck dir mal das Haus an. Ein Traum von einer Küche. Und was für eine Eingangshalle. Und im Keller haben sie einen Pool."

„Echt krass", sagte ich.

Nelly zoomte das Bild ran. Zum Glück war ich nur im Profil zu sehen.

„Und guck mal, er hat an der gleichen Stelle ein Muttermal wie du." Sie kniff die Augen zusammen. „Henrik", murmelte sie.

„Er hat ein bisschen Ähnlichkeit mit Prinz Henrik, findest du nicht?", sagte ich.

„Ja, stimmt. Henrik war ein flotter Kerl, als er jung war", sagte Nelly.

„Wovon redet ihr?", fragte Papa. „Wer ist Henrik?"

Zu meiner Erleichterung klatschte in dem Augenblick Flip in die Hände.

„Jetzt gibt's Butter bei die Bärsche", nuschelte er mit bierseliger Stimme. Er hatte, wie gesagt, immer mal wieder grammatikalische Ausrutscher, was wohl daran lag, dass er im Hochhausghetto geboren und aufgewachsen war.

„Dieser Kindskopf", sagte Nelly. „Macht er das eigentlich absichtlich?"

Ich schüttelte den Kopf.

Papa grinste.

„Ganz frische, knackige Bärsche", wiederholte Flip.

„Mir vergeht gleich der Appetit", sagte Nelly.

Ich war froh über den Themenwechsel. Echt erleichtert. Flip öffnete sein mindestens fünftes Bier, wenn nicht das sechste oder zehnte. Papa sah mich irgendwie merkwürdig an, und ich hätte am liebsten meine Arme um seinen Hals geschlungen und ihm was Nettes gesagt. Stattdessen hockte ich mich stumm zwischen Dennis und Nelly und schaufelte Kartoffelsalat auf meinen Teller.

„Gut, dass wir uns haben", sagte Flip, mit promilleroten Wangen.

17

Dennis und Papa unterhielten sich über die Arbeit. Nelly nickte mir zu und flüsterte, dass es Papa guttat, ein bisschen Luft abzulassen, nachdem der Chef mal wieder eine seiner echt idiotischen Ideen gehabt hatte, sagte sie.

„Wir sollen jetzt Teambuilding machen", sagte Dennis, der im Betriebsrat war.

„Teambuilding." Papa nickte zustimmend.

„Ist doch super", sagte Nelly. „Damit liegt ihr voll im Trend bei der Müllentsorgung."

„Mag sein, aber gegen die Idioten hilft das nicht", sagte Papa.

„Was für Idioten?", fragte Nelly.

Flip trug nicht viel zur Unterhaltung bei, wahrscheinlich war er dazu nicht mehr in der Lage.

„Was für Idioten?", wiederholte Nelly.

„Heute war so eine Trulla in einer fetten Karre da, eine von den reichen Säcken." Er sagte *reiche Säcke* nicht mit dem üblichen Reiche-Säcke-Unterton, eher traurig, irgendwie. „Sie wollte, dass ich ihr den Müll aus dem Auto trage."

„Das hast du doch wohl abgelehnt?", sagte Nelly. „Wie immer."

Papa nickte. „Was soll's. Genug gemeckert. Hauptsache, uns geht's gut."

Ich stand auf und räumte das Geschirr ab.

„Schon verrückt, das mit deinem Doppelgänger, Mikkel", sagte Nelly, und mir wäre um ein Haar ihr Teller aus der Hand gefallen. Mein Traum konnte sich ganz schnell in Luft auflösen. Ich bewegte mich auf sehr dünnem Eis und würde alles tun, um nicht einzubrechen.

Zum Nachtisch waren sie bei den guten alten Zeiten angekommen. Sie redeten über ihre Jugend und über Sol-Lone, die ihr Glück jetzt als Coach versuchte. Eigentlich mochte ich diese Abende. Sehr. Wenn nur Flip sich nicht immer so volllaufen lassen würde, denn man wusste nie so genau, in welche Richtung seine Stimmung kippte. Manchmal war er einfach nur still, dann wieder sauer auf alles und jeden, und ab und zu total pathetisch. Heute schien er jedenfalls *gut drauf* zu sein und haute einen Flachwitz nach dem andern raus, über die er selbst am lautesten lachte.

„Filip", sagte Nelly streng, „es sind Kinder anwesend." Dabei saß ich in der Ecke und war nur mit halber Aufmerksamkeit dabei.

Es hatte was Beruhigendes mit Papas lautem Lachen und dem viel zu schnell redenden Dennis, und ich mochte es total, wenn Nelly unsere Horoskope vorlas und das vertraute Miteinander. Jetzt schickte Nelly das Profil von Martines Mutter um den Tisch, und schon wieder musterte Papa mich so merkwürdig. Ich winkte ihm grinsend zu, und er winkte zurück. Aber, ayayay, dünnes Eis, sag ich nur. Ganz, ganz dünnes Eis, den ganzen Abend.

Irgendwann kam eine Nachricht von Kern, der nachfragte, ob es für mich okay wäre, wenn er noch ein paar Matche in der Mannschaft mitspielte – René hatte ihn offenbar gefragt. Auf mein JA kam umgehend ein DANKE mit haufenweise Ausrufezeichen zurück. Er hätte echt Bammel gehabt, mich zu fragen, schrieb er, und ich schrieb zurück, dass alles easy wäre.

„So, genug getankt", hörte ich Nelly zu Flip sagen. Womit sie sagen wollte, dass er genug Bier getrunken hatte.

„Nicht so streng, Tante Nelly", rief Flip einen Ticken zu laut.

Ich biss die Zähne aufeinander. Er war so richtig, richtig drüber. Manchmal fing er an zu flennen und sich selbst zu bemitleiden, wie sehr er die Ukraine vermisste, obwohl er in Dänemark geboren und aufgewachsen war. Das war an sich nichts Neues, und normalerweise machte ich mir keine Gedanken darüber. Keine Ahnung, wieso mir das an diesem Abend so unangenehm war.

Nelly schüttelte den Kopf. Sie konnte es gar nicht leiden, wenn er so entgleiste. Dieses harmlose Barschgesicht. Ich grinste still in mich hinein, als er sich auf dem Teppich ausstreckte und anfing zu singen, was auch nicht weiter ungewöhnlich war. Nelly warf Papa einen Blick zu, der Dennis ansah, während Nelly sagte:

„Das geht jetzt über meine Grenze, Jon. Schmeiß ihn raus."

„So, Filip, höchste Eisenbahn, deinen Rausch ins Bett zu bringen."

Flip sah ganz und gar nicht so aus, als ob er nach Hause wollte.

„Es gibt Menschen, die morgen arbeiten müssen, Filip", sagte Papa, der ihn selten bei seinem richtigen Namen nannte. Aber wenn er es tat, war es ernst.

Plötzlich setzte Flip sich auf und sah sich mit glasigen Augen um. Sein Blick blieb an mir hängen. Er stemmte sich hoch und torkelte auf mich zu.

„Wie wär's mit einem Lied, Mibba", sagte er.

Papa zuckte mit den Schultern, und Nelly, die gerne sang, lächelte mich unsicher an.

„Mibba, hol deine Gitarre, du hast gesagt, dass du *Imagine* üben willst."

Alle Augenpaare waren auf mich gerichtet, Papas waren besonders schwarz.

„So ein Quatsch", sagte ich.

„Komm schon, Mibba, hol deine große schwarze Tasche mit der Gitarre."

„Du spinnst doch", sagte ich.

„So eine schöne Gitarre."

„Red keinen Scheiß."

„Das ist kein Scheiß, Mibba. Du hast versprochen, *Imagine* zu spielen." Er grölte ein paar Zeilen aus dem Refrain. „*You may say I'm a dreamer, but I'm not the only one.*"

Alle glotzten mich an. Wirklich alle.

„Vollidiot", sagte ich, drehte ihnen den Rücken zu und verschwand in mein Zimmer.

Ich schlief unruhig. Träumte von Bärschen, Prinz Henrik und meinem Kopf auf einem softeisfarbenen Ledersitz. Und ganz am Rand des Traums sang eine raue Stimme *Imagine*. Mein Laken war völlig zerknüllt, als ich am nächsten Morgen aufwachte.

„Schon wach?", begrüßte ich Papa, der in ausgeleierter Jogginghose an der offenen Tür zum Garten saß und dem Verkehrslärm lauschte. Die frische Luft tat gut, der Fischgeruch saß noch in der Tapete.

„Ich hab kaum ein Auge zugemacht heute Nacht", sagte er. „Da kann ich auch aufstehen."

„Okay.

„Ich hab heute Spätschicht."

„Stimmt, freitags schläfst du ja normalerweise länger", sagte ich.

Er seufzte und schluckte ein paar Pillen.

„Du musst echt was unternehmen wegen dem Rücken", sagte ich.

„Ich war einfach hellwach."

„Vielleicht hast du zu viel getrunken."

„Nelly schlägt eine Spinalblockade vor."

„Was ist das denn?"

„Ein Schuss in die Lende", sagte Papa.

„Ein Schuss?"

„So eine Art Narkose gegen die Schmerzen."

„Vielleicht solltest du dich noch ein bisschen hinlegen?"

„Ja", sagte Papa und musterte mich wieder mit seinem speziellen Drogenhundblick, der Witterung aufgenommen hatte, nach dem Motto: *Ich krieg dich, pass bloß auf.*

Ich verstand ihn nur zu gut. Und fühlte mich voll mies, mich so oberflächlich über Nichtigkeiten zu unterhalten. Ich dachte an all die Dinge, die ich nicht gesagt hatte und was ich wohl gesagt hätte, wenn ich mich entschieden hätte, was zu sagen. Hätte ich zugegeben, dass ich uns ein bisschen zu arm fand? Dass ich mich für unser Leben schämte? Und dass mir das Mitleid der anderen auf den Sack ging? Würde ich mich trauen, ihm all das zu sagen? Dass ich Martine Mathenachhilfe gab und gern mit ihr zusammen war? Oder dass mir Golf Spaß machte? Würde ich ihm von Oves Einteilung in die fünf Klassen erzählen und seiner Einschleimerei bei Ludvig? Von meinen neuen Bekannten, den reichen Säcken. Und von Lars Larsen alias LL, der genau im richtigen Moment aufgetaucht war und wegen dem ich mich jetzt als Selfmademan ausprobierte? Würde ich es übers Herz bringen, ihm zu sagen, dass er abnehmen und mal wieder Fenster putzen und sich zusammenreißen sollte?

„Happy happy?", fragte Papa, als hätte er meine Gedanken gelesen.

„Nein", sagte ich.

„Wie kommt's?"

„Das ist eine kindische Frage."

„Okay ..."

Ich streute Zucker über meine Cornflakes und schüttete viel zu viel Milch darüber, um ein Haar wäre die Schüssel übergelaufen.

„René hat übrigens angerufen", sagte Papa unvermittelt.

„Und?", fragte ich.

In Papas Gesicht rührte sich kein Muskel. Ich dachte an Mama und ihn, ihre heimlichen Knutschereien unter der Kellertreppe in der Handballhalle, und fing an zu heulen. Meine Tränen tropften in die milchaufgeweichten Cornflakes, was irgendwie total guttat. Papa griff über den Tisch nach meiner Hand.

„Mikkel, verdammt, warum hast du das mit dem Handball in dich reingefressen? Traust du dich etwa nicht, mit deinem alten Vater darüber zu reden? Verdammt nochmal, was sind denn das für Flausen, wir konnten doch immer über alles reden."

„Ich weiß", sagte ich.

„Wenn du nicht gern Handball spielst, dann hör halt auf. Ich hab dich doch nie zu irgendwas gezwungen. Oder hab ich je von dir verlangt, meine Erwartungen zu erfüllen, Mikkel? Du wirst schon was anderes finden, Kumpel, meinst du nicht?"

Ich konnte gar nicht wieder aufhören zu heulen. Und Papa redete immer weiter. Er fiel in seine alte Rolle als

Held, Tröster und Problemlöser zurück, wie damals, als ich so sieben Jahre alt war: *So so, mein Kleiner, alles wird wieder gut.* Aber obwohl das Weinen guttat, blieb doch das schale Gefühl zurück, dass der Handball nur eins von vielen Dingen war, die ich Papa verschwieg. Ich versuchte, ihn mit kleinen Lügen zu beruhigen. Der Handball war längst nicht das Wichtigste, aber alles, was ich Papa eigentlich hätte erzählen wollen, behielt ich für mich. Aus Angst davor, was Papa zu Mathenachhilfe und Golf sagen würde.

„Sag mal, was sollte eigentlich Flips Gefasel von *Imagine*?", fragte Papa schließlich. „Ich hab die ganze Nacht einen Ohrwurm gehabt."

Ich nickte.

„Irgendwie krieg ich das nicht zusammen, Mikkel."

„I imagine, dass du zu einem Arzt gehen solltest", sagte ich.

„Wie zum Teufel kommt er darauf, dass du Gitarre spielst?"

„Vielleicht hat er Pilze genommen", sagte ich.

„Jetzt übertreibst du aber."

„Das mit der Spinalblockade hilft bestimmt."

„Klar", sagte Papa und stand auf.

Ich packte ein halbes Brötchen mit Nutella in meine Brotdose und goss Saft in meine Flasche. Sie müffelte ein bisschen, weil sie schon so lange auf die liebenden Hände von Kerns Mutter hatte verzichten müssen.

In der großen Pause machte ich meine Brotdose auf.

„Brötchen mit Nutella", sagte Kern und biss in seinen Apfel. „Wo soll das noch hinführen, Mikkel?"

Gute Frage: Wo würde das alles noch hinführen?

„Willst du auch einen? Aus dem Garten", sagte Kern. Der Saft spritzte, als er in seinen Apfel biss. Offenbar wollte er mich jetzt mit Vitamin C retten.

„Chillen nach der Schule?", schlug er vor.

„Mein Job ruft", sagte ich und zeigte auf mein Mathebuch.

Kern malte blinzelnd ein Herz in die Luft und fragte, ob ich wüsste, dass der direkteste Weg für einen Aufsteiger war, in eine höhere Klasse einzuheiraten.

„Du spinnst doch", sagte ich.

„Was sagt denn Jon zu seiner neuen Schwiegerfamilie?"

In der Sekunde kam ein Snap von Martine, als hätte sie unser Gespräch belauscht.

Lebst du noch?, stand auf meinem Display.

„Wer schreibt?", fragte Kern und versuchte, die Nachricht zu lesen.

„Nur Martine", sagte ich.

„*Nur* Martine", äffte er mich nach.

Mir fiel keine gute Antwort ein. Die wilde Beschimpfung ihrer Mutter im Auto, *Fette Sau,* hatte sich zwischen mich und meinen Job geschoben. Das fühlte sich absolut nicht in Ordnung an.

Antworte schon, schrieb sie.

Bin in der Schule, antwortete ich.

Du hast grad Pause.

Ich suchte nach einer schlagfertigen Antwort, aber alles wirkte irgendwie fehl am Platz. Ich könnte ihr ein Foto des Apfels schicken.

Sehen wir uns heute noch?, schrieb sie.

Ich dachte *Mathe.* Ich dachte *Kücheninsel.* Aber hauptsächlich dachte ich an Martines Mutter.

Wir haben eine Verabredung.

Ach ja, schrieb ich zurück, was für eine bescheuerte Antwort.

Hast du das etwa vergessen?

Wieder fiel mir keine gute Antwort ein. Und dann stand da: *Soll ich zu dir kommen?*

„Fuck", rutschte es mir heraus. Laut.

„Was schreibt sie?", fragte Kern und versuchte, mir das Handy aus der Hand zu schnappen.

Mein Hirn war völlig leer. Mein Lügenvorrat war aufgebraucht.

Kern blinzelte mich an. Er konnte mir auch nicht helfen. Ich starrte auf den schwarzen Schirm, der wieder aufleuchtete.

Ich weiß Bescheid.

Was meinst du?, schrieb ich hektisch zurück.

Ich weiß, wo du wohnst, schrieb sie. Ich las den Satz auf meinem Bildschirm und stellte mir Martine im Vestvejen vor. *Ich weiß, wo du wohnst.* Ohne abschließendes Tränen-Emoji, fünf kurze Worte, die aus Henrik aus Birkesø wieder Mikkel aus dem Vestvejen machten.

Ich komme, schrieb sie. Meine Meinung zählte offenbar nicht, was mir nur recht geschah. Nelly sagte, dass man irgendwann von seinen Lügen eingeholt würde. Ich hatte das nie so ganz verstanden, aber jetzt schon.

Alles klar, antwortete ich und legte mein Handy weg. Kern ging inzwischen jemand anderem aus der Klasse mit seinen Äpfeln auf die Nerven. Das verschaffte mir Raum für meine durcheinanderwirbelnden Gedanken.

Nach der letzten Stunde joggte ich die ganze Strecke bis nach Hause. Schon von Weitem sah ich die Gartenzwerge und den schief an der rostigen Schraube hängenden Briefkasten, die Mauerbrocken und Plastikeimer mit dem eingetrockneten Zement und mittendrin das Waschbecken mit den verreckten Kräutern. „Fuck", sagte ich noch einmal und schloss die Tür auf. Ich schmierte ein paar Brötchen und kochte Tee, den ich in eine Thermoskanne mit braun verfärbter Kunststoffummantelung umfüllte. Roch die so komisch oder war ich das? Ich sprang schnell unter die Dusche und benutzte Papas Deo. Blöderweise funktionierte keiner unserer Föns aus dem Container 16, elektronische Artikel. Ich lief durchs Wohnzimmer, klopfte den Staub aus den Sofakissen, der sich im ganzen Raum verteilte. Ich legte Reklameblätter und Bettelbriefe auf einen Stapel und stellte unsere Schuhe ordentlich in eine Reihe, was total seltsam aussah. In dem Augenblick klopfte es an der Tür.

Ich machte auf.

„Sorry für das Chaos", begrüßte ich sie.

Sie sah sich um.

„Hm. Wie wär's mit Entrümpeln?"

„Also, nein, ich meine … ähm, ja, stimmt, das ist eine Müllhalde hier, aber mit Chaos meine ich eigentlich das andere … das mit … Tut mir echt leid."

Ich kratzte mich in meiner nassen Mähne, während sie ihre Schuhe mitten im Flur abstellte und meine schöne Ordnung durcheinanderbrachte.

„*Mikkel*", sagte sie schließlich.

Ich schaute weg, suchte nach etwas, woran ich mich mit dem Blick festhalten konnte, aber es war alles so unwirklich. Martine bei mir zu Hause. Kein Henrik, nur Mikkel.

„Ich weiß, das war echt blöd", sagte ich.

Sie sah mich mit zusammengekniffenen Augen und in die Seite gestemmten Händen an.

„Aber das ist einfach so passiert. Ich kann das alles erklären."

„Hattest du vor, mir irgendwann die Wahrheit zu sagen?"

„Ich glaub schon. Ganz bestimmt."

Sie stieß einen tiefen Seufzer aus.

„Also", sagte ich. „Doch, wirklich."

Sie ging vor mir ins Wohnzimmer.

„Ich hab, ähm … Tee gekocht", sagte ich. „Und sorry, normalerweise erzähle ich keine Lügen."

„Das hoffe ich", sagte sie.

„Echt nicht."

Sie lächelte. Was bei aller Peinlichkeit schön war. Vergessen war der Ausflug zum Wertstoffhof, vergessen *Imagine*, vergessen Nelly und Instagram.

„Du warst trotzdem immer Mikkel, als du Henrik warst."

„Echt?"

Sie nickte.

„Mein richtiger Name ist Mikael."

„Cool."

Ich fragte nicht nach, wie sie das Geheimnis gelüftet hatte, aber die Welt war halt klein. Sie ging auf ihre Schule, ich auf meine, aber in jeder Schule gibts jemanden, der jemanden von einer anderen Schule kennt und von dem Typen erzählte, der gut in Mathe, dafür umso mieser in Handball war, der mit dem fetten Vater und der rechtsabbiegerverunglückten Mutter. Wäre mein Leben eine Gleichung, dann eine der komplizierteren Sorte. Aber das Merkwürdige war, dass sie mich immer noch auf diese Weise anschaute, als würde ihr gefallen, was sie sah, als wollte sie gar nicht wegschauen.

„Du bist schon ganz schön schräg", sagte sie.

„Findest du?"

„Jedenfalls ziemlich interessant."

Ich schluckte einen dicken Kloß herunter.

„Und du bist immer noch ... du", sagte sie.

Interessant, dachte ich. Ein zugedröhnter Flip auf unserem Teppich, ein Vater mit Hexenschuss, Sommerferien in Dennis' festinstalliertem Wohnwagen. Reiche Menschen hatten einen speziellen Blick auf arme Menschen. Als wäre deren Leben ach so heimelig und authentisch, wie in einer altmodischen Fernsehserie.

„Ich wäre einfach gern ein bisschen glücklicher", sagte sie. „So wie in der letzten Zeit, seit ich dich ... du weißt schon."

„Happy happy?", fragte ich.

„Ja, vielleicht", antwortete sie.

Wir schwiegen.

„Ich möchte, dass du mir weiter Mathenachhilfe gibst."

Ich verkniff mir jeden Kommentar zum Geld ihrer Mutter oder zur *Fetten Sau.* Darüber musste ich erst noch einmal ausgiebig nachdenken.

„Und, willst du?"

„Da treffen wir uns dann wohl besser hier", sagte ich und sah mich im Wohnzimmer um.

Sie nickte.

„Mein Vater kommt bald nach Hause", sagte sie.

„Hat sich das mit der Steuer erledigt?", fragte ich.

„Fuck die Steuer", sagte sie.

„Muss er in den Knast?"

„Wahrscheinlich nicht. Er kennt einen guten Anwalt."

Ich schenkte Tee ein. Sie kommentierte die Thermoskanne nicht.

Stattdessen zeigte sie raus in den Garten und meinte, dass es hinterm Haus ja richtig hübsch aussähe und dass sie solche wilden Gärten toll fände. Wir gingen nach draußen, wo es angenehm warm war. Sie zog die Socken aus und lief barfuß durchs Gras, im Zickzack zwischen den Maulwurfshaufen hindurch bis zur hinteren Hecke. Sie öffnete die Tür von meinem alten Spielhaus, wo ich die Golftasche versteckt hatte.

„Kommst du?", sagte sie und streckte sich auf dem Boden aus. Es gab ein Dachfenster. Papa hatte damals das Haus gebaut, weil er der Meinung war, dass ein Kind einen Ort brauchte, wo es die Sterne beobachten konnte.

Ich legte mich neben sie.

„Du duftest gut", sagte sie. Darauf habe ich, glaube ich, nicht geantwortet.

„Das ist ein bisschen wie eine Zeitreise", sagte sie. „Ich hab immer davon geträumt, in der Steinzeit zu leben. Krüge aus Ton zu machen und mit allen Tieren zusammenzuleben. Damals war bestimmt alles viel einfacher."

„Bestimmt", sagte ich, obwohl ich mir da nicht so sicher war.

„Mikkel und Martine", sagte sie.

„Mikkel hört sich nach Planet an", sagte ich.

„Und Martine klingt nach Rotzgöre", sagte sie und fing an zu lachen.

Ich lachte ebenfalls.

„Weißt du, was meine Mutter gerade macht?"

„Nö."

„Sie sucht besessen nach einem bekannten Entwickler eines Müllsortierungssystems."

„Dabei ist sie ihm schon begegnet", sagte ich.

Martine sah mich an. „Ich hasse es, wenn sie so ist", sagte sie. „Da versucht sie echt, die Leute auf dem Wertstoffhof zu bestechen."

Es tat schon irgendwie gut, den Pickel auszudrücken, wie Nelly vermutlich gesagt hätte. Endlich mal alles rauszulassen. Aber das Krasseste war, dass Martine mich weiter intensiv ansah und ich immer mutiger wurde und wir in der Steinzeithöhle blieben, bis es fast dunkel war.

„Auch in dieser Runde keine Kündigung", sagte Papa ein paar Tage später. „Und die Spinalblockade hat geholfen."

Er rief Nelly an und fragte, ob sie Lust hätte, mit ihm Schuhe kaufen zu gehen. Natürlich hatte sie. Fünf Minuten später stand sie im Wohnzimmer.

Sobald sie weg waren, ging ich raus in den Garten zu dem tiefen Krater, wo früher mal der Öltank gewesen war. Papa hatte das Loch halb mit Sand aus meiner alten Sandkiste gefüllt, mit ein bisschen Fantasie ging das als Golf-Bunker durch, zumindest konnte ich hier Abschläge trainieren. Rasmus hatte mir den Tipp gegeben, unmittelbar vor dem Ball in den Sand zu schlagen, und so waren mir tatsächlich schon ein paar kontrollierte Abschläge gelungen.

Das Handy in meiner Tasche vibrierte mehrmals hintereinander, das war bestimmt Kern. Er drückte nach jedem Satz auf Senden.

Bock auf Waffeleis?
Mit lecker Topping?
Wir sind unterwegs.
Familiendonnerstag!
Das stand so da.

Bin grad ziemlich busy, schrieb ich zurück.

Komm schon.

Die Alten zahlen.

Verlockend.

Die Kernfamilie machte regelmäßig Ausflüge zur Eisdiele. Aber warum war ich eingeladen?

Mama hat eine nice Golfhose für dich.

„Golfhose", wiederholte ich leise. Kerns abgelegte Jacke war ein Segen, und eine Hose wäre auch nicht verkehrt. Jetzt kam zur liebevollen Flaschenreinigerin und Chauffeurin auch noch Golfklamottenlieferantin hinzu.

Und dann wär da noch was

Worüber wir

Reden müssen

Wir?, schrieb ich zurück und bekam einen Eis-Emoji als Antwort. Ende der Kommunikation.

Worüber reden?, dachte ich und verstaute die Schläger wieder im Schuppen.

On my way, schrieb ich und hirnte weiter, ob er mir vielleicht sagen wollte, dass er jetzt auch mit Golf anfing, so wie er sich da reingekniet hatte? Ich hatte ihm das die ganze Zeit hartnäckig auszureden versucht, mit dem Argument, dass Golf ein extrem zeitfressender Sport war und sich garantiert negativ auf seine Noten auswirken würde. Ganz ehrlich gesagt wollte ich ihn nicht dabeihaben. Golf war irgendwie mein persönliches Ding, ich hatte inzwischen ein paar andere Junioren kennengelernt, und morgen war ich mit Rasmus zu achtzehn Löchern verabredet. Golf war mein geheimes zweites Leben, und ich hatte schon genügend Geld gespart, dass mein nächstes Golfjahr gesichert war.

Was man von meinem Mathenachhilfejob nicht behaupten konnte. Martine brachte mir zwar regelmäßig das Geld mit, aber irgendwie fühlte sich das nicht richtig an, und ich war kurz davor, das Ganze an den Nagel zu hängen. Aber bis auf Weiteres korrigierte ich wenigstens noch ihre Hausaufgaben und erklärte die einfachsten Sachen.

„Das merkt meine Mutter überhaupt nicht, Mikkel", sagte sie und steckte das Geld in meine Tasche.

Kern schickte ein Foto von vier gut gelaunten Gesichtern und vier hochgestreckten Daumen.

Fast da, schrieb ich zurück und hatte inzwischen richtig Appetit.

Fettttt!

Dachte schon

Du wärst bei Martine

Haha

Quatsch, nein, antwortete ich.

Eis oder reiche Erbin?

Schwere Frage!

Ich habe ihm nur oberflächlich von Martine und mir erzählt. Was wir so machen oder über ihre überkandidelte Mutter. Keine Silbe von unserem Nachmittag auf dem Boden in meinem alten Spielhaus. Schon irre irgendwie, dass Martine inzwischen diejenige war, die

die privatesten Dinge über mich wusste. Über die verrückten Zufälle, über das Golfset, Louise, Henrik, den Golfclub. Und sie kannte jetzt auch Papas Geschichte, wusste von den reichen Säcken, vom unbekannten Entwickler-Jon und Mama Mia und dem Rechtsabbiegerunglück. Und je mehr ich Martine erzählte, desto interessanter schien sie mich zu finden. Und umso mehr mochte ich sie. Das war echt seltsam mit uns beiden. Mindestens so seltsam wie die Tatsache, dass sie bei all den verkrachten Existenzen um sich herum so nett und normal geblieben war. Trotzdem hatte ich zwischendurch so ein Ziehen im Bauch. Würde sie später im Leben lustige Anekdoten über mich zum Besten geben, nach dem Motto: *Ich war mal mit einem Typen aus dem Vestvejen befreundet, SHIT, fragt mich nicht, was ich mir dabei gedacht hab.*

Ich versuchte, das Ziehen zu ignorieren. Und als ich ihr von Papas und meinen gemeinsamen Angelausflügen erzählte, meinte sie traurig, dass sie mich sehr darum beneidete. Und da war ich fast ein bisschen stolz auf Papa. Wenn ich so von ihm erzählte, war er ein ziemlich cooler Vater.

„Meine Mutter regelt alles mit Geld", sagte sie.

„Mein Vater regelt alles ohne Geld", sagte ich.

„Und mein Vater in Dubai ... Sie hier, er dort ... Familie ist irgendwie nur noch pro forma."

„Pro forma?", wiederholte ich und sah sie fragend an.

„Ja", sagte sie, wieder mit diesem traurigen Blick.

Pro forma schien definitiv was Negatives zu sein.

„Ich würde total gerne mal angeln. Wo steht denn Dennis' Wohnwagen?", fragte sie.

Ich blies Luft durch die Nase aus. Ich war schon nicht der große Wohnwagen-Fan und konnte mir nicht ganz vorstellen, dass das was für Martine wäre. Aber ich verstand, was sie meinte.

Kerns Mutter winkte mir schon von Weitem zu. Die vier saßen vertraut nebeneinander auf einer Bank vor der Eisdiele. Pernille, Niels, Andreas und Laura. Wie auf einem Foto aus der Vorschule. Kerns Eltern hatten sich seitdem kein bisschen verändert.

„Wir haben halt unser Eisritual", sagte Niels.

„Weiß ich doch", sagte ich. „Eure Familiendonnerstagseiswaffeltradition."

„Das war aber ein langes Wort", sagte Pernille bewundernd und ich wurde rot.

Sie legte den Arm um meine Schulter, genau wie auf dem Foto in der Vorschule. Ich zuckte kurz, worauf sie sich entschuldigte, weil sie immer vergäße, dass Kern und ich keine kleinen Jungs mehr waren.

„Du gehörst schließlich zur Familie, Mikkel", sagte sie, und da musste ich ihr zustimmen. Das Kerngehäuse war sozusagen mein zweites Zuhause, bei ihnen fand ich alles mit geschlossenen Augen und hatte sogar meine eigene Bettdecke.

Niels lächelte und Kern zeigte mit einem Nicken zu dem Aushangschild.

„Freie Wahl aller Sorten", sagte er, und natürlich konnten wir uns nicht entscheiden.

„Auf jeden Fall Pistazie", sagte ich.

Pernille verdrehte grinsend die Augen und schlug ihm auf den Oberarm, als Niels mit italienischem Akzent bestellte.

„Ich mache ein Sleepover", verkündete Laura. „Wir machen DIY-Pizza."

„DIY?", fragte ich.

„Do it yourself", erklärte Niels. „Wir schnippeln vorher alle möglichen Zutaten, und die Mädel designen ihre Pizzen dann selbst. Die reinste Kinderarbeit – haha."

„Cool", sagte ich.

„Das wäre in Italien undenkbar."

„Warum?"

„Weil die so eigen mit ihren Pizzen sind, da kann man nicht irgendwas draufpacken."

„Smilla belegt ihre mit Banane", berichtete Laura begeistert.

Kerns Mutter reichte mir wortlos eine Serviette und zeigte auf den Sahneeisfleck auf meinem Shirt.

„Shit", sagte ich und erntete einen verständnisvollen Blick von Niels, der meinte, dass er sich auch immer bekleckerte.

„Besser als Läuse im Bauch vom vielen Eis", sagte Pernille.

Ich prustete los.

„Ja, die Kugeln sind gigantisch", sagte Niels.

Danach war es erst einmal still. Bis Pernille einen Finger in die Luft streckte, als wäre ihr gerade etwas eingefallen, und übertrieben beiläufig eine karierte Hose aus einer Tüte zog.

„Entsorg sie einfach, wenn sie nicht passt", sagte sie. Das Preisschild war noch dran. „Einer meiner Patienten hat eine Firma", sagte Pernille. „Ich hab Rabatt bekommen."

„Tausend Dank, das ist echt zu viel", sagte ich und steckte sie hastig weg.

Natürlich hatte Kern ihnen von meinem neuen Hobby erzählt. Aber wussten sie auch, dass meine Golfausrüstung von einem verstorbenen reichen Sack ein Vermögen wert war? Oder dass ich Papa noch nichts davon gesagt hatte?

Auch wenn sie ihre Freizeit nicht mit Jon verbrachten, bestand eine nicht geringe Chance, dass sie ihm über den Weg liefen und sagten: *Wie schön, dass Mikkel die Golfhose gebrauchen kann.* Bei dem Gedanken wurde mir schlagartig schlecht, und das lag nicht am Eis.

„Wolltest du Mikkel nicht was fragen?", sagte Niels und sah Kern auffordernd an, und da fiel mir Kerns Nachricht wieder ein, von wegen, wir müssen reden.

Kerns Mutter übernahm die Moderation. Sie neigte den Kopf zur Seite, so auf verständnisvolle Praxisart. Dazu der sanfte Blick. Sie hatte das echt drauf. Knallharte Psychologie, die man in einem Ärztehaus lernte, meinte Kern.

„Andreas begeistert sich ja neuerdings für Handball", sagte sie.

„Was er dir zu verdanken hat, Mikkel", schob Niels hinterher.

„Und da dachten wir ... dich nach deiner Meinung dazu zu fragen."

„Okay", sagte ich unsicher.

„Du bist ja schon seit Ewigkeiten in dem Verein, aber du sollst auf keinen Fall das Gefühl kriegen, dass Andreas dich irgendwie verdrängt, verstehst du? René meinte, dass du ..."

„Er meinte, du wärst in letzter Zeit nur noch unregelmäßig beim Training gewesen", vervollständigte Niels den Satz.

„Alles gut", sagte ich.

„Sicher, Mikkel?"

Es fühlte sich an, als ob ich rot wurde.

„Das liegt nicht an Andreas, dass du dich dort unwohl fühlst, oder?", fragte Niels. „Er ist ja sehr groß und ein guter Dribbler aus seiner Basketballzeit und ..."

„Handball passt total gut zu Andreas." Ich nickte eifrig. „Und, ähm, ich habe Papa gesagt, dass ... dass das mit dem Handball für mich etwas ... problematisch ist." Es tat richtig gut, ausnahmsweise mal nicht zu lügen.

„Und was sagt Jon dazu?", fragte Niels.

„Er findet es absolut in Ordnung!", antwortete ich.

„Okay", sagte Pernille überrascht.

„Macht euch keinen Kopf wegen Papa", sagte ich und streckte den Daumen nach oben. Ich musste Jon unbedingt da raushalten! Oh man, plötzlich witterte ich wieder aus allen Richtungen Gefahr.

Pernille sah Kern an. Jetzt war er an der Reihe.

„Sie haben mir einen Platz in der ... in der ersten Liga angeboten."

Kerns Mutter nickte wieder.

„Are you kidding?", rief ich geplättet.

Kern lachte, und ich lachte ebenfalls. Gleich darauf lachten alle. Das war der endgültige Eisbrecher. Ich freute mich echt für Kern und über die Hose! Und ich war ziemlich erleichtert, dass Kern *nicht* mit Golf anfangen wollte.

22

An Loch 13 hatte ich meine größten Durchhänger. Ich sollte mich da auf keinen Fall reinsteigern oder ärgern, meinte Rasmus, das würde nur den Flow behindern.

„An Loch 13 verkrampfst du, Henrik. Du denkst zu viel nach."

Und genau das war die Kunst beim Golf, mithilfe psychologischer Intuition den Flow zu bewahren. Das klang einfach, war aber ganz schön schwierig – sackschwer.

Ich sah Rasmus konzentriert bei seinem Schlag zu. Er traf den Ball mit einem punktgenauen *SMACK*.

Er lächelte, nickte Richtung Birkenwäldchen und sagte „Quak, quak", was ich mit einem Nicken beantwortete. Immer, wenn wir an dem Birkenwäldchen vorbeikamen, zog sich mein Magen zusammen. Als würde die tote Ente mit ihrem gelben Schnabel nach mir schnappen.

„Vielleicht ist die Ente ja zu irgendwas nützlich, Henrik", sagte Rasmus. „Es gibt wichtige und weniger wichtige Dinge im Leben. Und ein schlechter Schlag ist kein Weltuntergang. Mach das Beste draus. Denk an die Ente."

Das war einfacher gesagt als getan. Scheiß Loch

13, und dann war auch noch Freitag, der Dreizehnte. Was kam bei Pech plus Pech heraus? Dass ich vom Blitz getroffen wurde, wenn ich mit dem Schläger am ausgestreckten Arm dastand? Golf und Gewitter waren eine riskante Kombi. Die Schläger waren Eins-a-Stromleiter, und sobald es am Horizont zu grummeln begann, sollte man schnellstmöglich Schutz suchen.

Kern hatte irgendwo gelesen, dass fünf Prozent aller Todesfälle durch Gewitter auf Golfplätzen passierten. Über solche Unfälle dachte ich nach, das half.

Rasmus lächelte. „Das läuft doch, Henrik", lobte er mich.

Ich nickte zufrieden, weil ich das Loch mit acht Schlägen geschafft hatte. Ein einziges Mal war es mir mit sechs gelungen, aber in der Regel brauchte ich zwölf.

„Krass", sagte Rasmus anerkennend.

Als wir die Steigung zu Loch 14 hochgingen, vibrierte das Handy in meiner Tasche. Ich sah die Flagge im Wind flattern und davor eine größere Gruppe, die alle einen eher amateurhaften Eindruck machten. Einer von ihnen trug Jeans.

Rasmus seufzte. „Ich frag mal nach, ob sie uns kurz vorbeilassen. Die 14 ist ein blödes Nadelöhr."

Die Gruppe wurde von Alex geleitet, einem der anderen Clubtrainer. Er stand mit dem Gesicht zu uns, die anderen mit dem Rücken, als er ihnen irgendwelche Instruktionen gab.

„Atmen nicht vergessen und die Schultern lockern",
hörte ich ihn sagen, als er ihnen eine Übung zeigte.

Wir setzten uns in Bewegung. Als ich das Handy aus
der Tasche zog und eine Nachricht von Martine beantwortete, hörte ich Rasmus sagen: „Wäre es okay, wenn
wir uns vor euch einfädeln?"

Ich hob den Blick und starrte die fünf Männer an, die
wiederum uns anstarrten.

Ich kannte sie alle.

Es waren Lennart, der Chef vom Recyclinghof, Kim,
Morten und Dennis. Und Papa. Ich kniff zweimal die
Augen fest zu, aber sie waren immer noch da. Die gesamte Belegschaft vom Wertstoffhof beim Betriebs-
ausflug. Oder *Teambuilding*. Auf *meinem* Golfplatz!

Papas Blick klebte auf mir. Wir standen glotzend,
nein, starrend voreinander. Jeder einen Golfschläger
in der Hand. Dennis brach als Erster das Schweigen.

„Ich muss schon sagen, Mikkel, schickes Outfit."

Meine neue Jacke, die karierte Kernhose, die neuen
Golfschuhe, mein cooles Cap – und dann natürlich die
Golftasche, die nach Millionär aussah. Was alle sehen
konnten, auf alle Fälle aber Lennart, der selbst Golfer
war, was ich völlig verdrängt hatte.

„Wir machen Teambuilding", sagte Dennis.

Papa starrte weiter auf eine ganz unangenehme Art,
ultra unangenehm.

„Mikkel, verdammt nochmal", sagte er schließlich.

„Henrik?" Jetzt sah Rasmus mich fragend an.

„Henrik?", wiederholte Papa.

„Rasmus nennt mich Henrik", sagte ich.

„Aber du heißt doch Henrik", sagte Rasmus und tippte auf das Namensschild an meinem Bag.

„Henrik", schnaubte Papa. „Was soll der Blödsinn? Und was ist das da für ein Krempel?" Papa stieß mit seinem Anfängerschläger gegen mein Golfbag.

„Hey, hey, Jon! Das ist ein Top-Set", sagte Lennart. „Mindestens 20.000 Kronen."

„Ist das dein Ernst? Wo hast du das her, Mikkel?", fragte Papa.

„Ähm, ich ..."

„20.000. Das reicht für eine Weltreise", rief Papa.

„Henrik ist ein Naturtalent", sagte Rasmus. „Ich habe selten so schnelle Fortschritte bei jemandem gesehen."

„Verdammt nochmal! Wollt ihr mich verarschen?", fragte Papa.

Keiner antwortete.

Ich starrte auf den Boden.

„Was soll das alles?"

„Das erklär ich dir zu Hause", flüsterte ich und dachte an den Vestvejen als ein tiefes, schwarzes Loch.

„*Henrik*", wiederholte Papa verächtlich.

„Ich erklär dir das alles später", sagte ich.

„Wir gehen", sagte Papa mit fremder Stimme.

„Jon, hallo", sagte Lennart. „Das ist eine Pflichtveranstaltung."

„Dann feuer mich doch", sagte Papa und fasste sich an den Rücken. Ich biss meine Zähne so fest aufeinander, dass ich Angst hatte, sie würden zerbrechen. Und dann setzte ich mich in Bewegung. Papa folgte mir. Wir gingen schweigend nebeneinanderher zum Parkplatz.

„Lügen sind das Allerletzte", sagte Papa, ohne mich anzusehen. „Was zum Teufel ist los mit dir?"

Mein sonst immer gut gelaunter Vater. Der rund um die Uhr lächelte und selbst über Dampfnudeln und Bärsche lachen konnte. Jetzt sah er alles andere als happy aus.

„Was zum Teufel hat das zu bedeuten?", sagte er immer und immer wieder.

„Ich kann das erklären", wiederholte ich wie ein Mantra.

„Kannst du das?", sagte Papa. „Kannst du das wirklich?"

Ich erzählte von Anfang an, während der Busfahrt, nachdem wir ausgestiegen waren, als wir im Wohnzimmer saßen – von der Bank, auf der ich Louise kennengelernt hatte, von meinem Handicap, den Schlägern und dem Golfbag, sogar von meiner Freundschaft mit Martine erzählte ich. Aber das Wesentliche ließ ich immer noch aus: Oves Vortrag über Selfmademen und Lars Larsen. Wo genau fing eigentlich meine Geschichte an, mein Leben. Wo exakt startete die Geschichte von ihm und mir, von Jon und Mikkel, vom Vestvejen und unserer Bruchbude?

„Was zum Teufel ist schiefgelaufen?", fragte Papa noch einmal.

Das konnte ich ihm nicht beantworten und fühlte mich einfach nur total mies.

Papa saß kraftlos auf dem Sofa. Er, der sonst immer reden wollte, verschmolz völlig mit dem graunoppigen Bezug. Irgendwann streckte er die Hand nach den Kopfhörern aus, legte sich hin, und hörte Heavy Metal in voller Lautstärke. Die Bässe strömten aus seinem Körper auf mich über. Als läge er an brummende Geräte angeschlossen im künstlichen Koma.

Ich starrte auf die Bali-Karte, aber das machte alles

noch schlimmer. Ein Trip nach Fernost oder ein Auto mit softeisfarbenen Polstern, all das rückte wieder in weite Ferne.

Am liebsten hätte ich mich in seine Arme gekuschelt und ihm vorgeschlagen, das alles einfach zu vergessen. Ich fing an zu weinen. Nicht laut und hemmungslos. Nur stille Tränen.

Papa war offensichtlich eingeschlafen, jedenfalls bekam er nicht mit, als Nelly kam.

„Was ist denn hier für eine Stimmung", flüsterte sie. „Die Luft ist ja ganz zäh."

Ich nickte.

„Ist was passiert?", fragte sie.

Ich zog die Schultern hoch.

Sie zeigte zum Esstisch und setzte sich.

„Komm", sagte sie. „Machen wir einen Ausflug zu den Sternen." Sie öffnete ihre Horoskop-Seite und kitzelte mich in der Seite.

„Lächeln nicht vergessen. Im Leben geht es immer auf und ab, Schatz."

Sie tippte auf ihr Sternzeichen, den Stier. *„Ehrlich währt am längsten"*, las sie vor.

Ich stieß einen Seufzer aus. Ich hatte nicht viel vom Stier, Nelly dafür umso mehr. Sie war der ehrlichste Mensch, den ich kannte.

„Du bist der ehrlichste Mensch, den ich kenne", sagte ich.

Sie schüttelte seufzend den Kopf und schaute gedankenverloren aus dem Fenster.

„Doch, bist du, Nelly."

„Das war ich mal, Mikkel."

„Bist du!"

„Das sieht nur so aus", sagte sie und warf einen kurzen Blick rüber zu Papa, ehe sie mir durchs Haar wuschelte. „Schauen wir doch mal, was bei dir steht ... mein kleiner Superkrebs." Sie vergrößerte den Bildschirm.

„*Bleib dir selbst treu*", las Nelly vor.

„Was heißt das?"

„Das ist sehr kryptisch. So ist das mit der Astrologie", sagte sie. „Man muss sich die Worte auf der Zunge zergehen lassen. Galaxien, Milchstraße, schwarze Löcher, Asteroiden und Meteore."

Ich seufzte. Nellys Horoskop war an einem Tag wie diesem keine besonders große Hilfe.

„Ich flitz kurz zum Supermarkt", sagte sie. „Hab Appetit auf Milchreis, aber kein Zimt im Haus."

„Alles klar", sagte ich.

„Gib ihm die." Sie reichte mir ein Paar knallbunte Socken mit Smileys drauf. Die hatte sie gesehen und gleich an Papa gedacht, weil sie wunderbar zu seinen neuen Schuhen passten.

„War irgendwas beim Teambuilding, was meinst du?"

„Könnte sein", sagte ich.

Die Bässe verstummten. Papa schnarchte. Sein Bauch bewegte sich auf und ab wie eine Welle bei seichtem Wind.

„Bevor ich's vergesse, ich habe eine Einladung für

ihn", sagte Nelly mit einem Nicken in Papas Richtung und legte ein Blatt Papier auf den Tisch. „Von Sol-Lone. Jons Einladung steckte mit in meinem Umschlag. *Don't ask me why.*"

Ich sah sie an. Sie hatte ganz rote Wangen. Auf dem DIN A4-Blatt war die gesamte WORD-Palette zum Einsatz gekommen: fett, kursiv, unterstrichen, Schatten, Farben. Ganz unten war ein Foto von Lone an einem Strand, bestimmt an der Costa del Sol, Strohhalm im Mund, der in einer Kokosnuss steckte.

Nelly schaute rüber zu Papa, mimte ein stummes *Tschüs* und ging leise hinaus. Kaum hatte sie die Tür hinter sich zugezogen, richtete Papa sich mit einem Ruck auf dem Sofa auf, riss sich die Kopfhörer von den Ohren und sah mich an. Immer noch mit dem finsteren Blick.

„Wir geben das Golfset zurück, Mikkel."

Bleib dir selbst treu, dachte ich und ballte die Hände zu Fäusten.

„20.000. Was geht nur im Kopf solcher Leute vor?"

„Du kennst sie doch gar nicht", sagte ich.

„Aber ich kenne diese Art Mensch."

„Du denkst, dass du alles über alle weißt."

„Was willst du damit sagen?"

„Ein Container für die Leute aus Birkesø, einer für den Vestvejen, einer für Golfspieler, einer für Handballspieler. So denkst du."

„Du hast mich angelogen, Mikkel."

„Du stempelst andere Leute ab, ohne einen Scheiß über sie zu wissen."

„Wie hieß sie noch gleich?"

„Louise", sagte ich und merkte, dass die Tränen nicht mehr weit weg waren.

Ich schaute auf die Tischplatte mit der Einladung, auf der mit fetten, türkisen Buchstaben SOL-LONE WIRD 40! stand.

„SOL-LONE", murmelte ich und malte mit dem Zeigefinger erst das eine, dann das zweite L nach.

„Was ist mit Lone?", fragte Papa und stellte sich hinter mich.

„L-L", sagte ich.

„Was faselst du da?", fragte Papa, nahm die Einladung vom Tisch und las sie mit ausgestrecktem Arm und zusammengekniffenen Augen.

„Lars Larsen", murmelte ich und hielt mir unauffällig die Nase zu. Seine Klamotten dünsteten Stressschweiß aus.

„Party", murmelte Papa.

LL, schrieb ich mit dem Zeigefinger auf den Tisch.

Papa schüttelte den Kopf. „Du enttäuschst mich, Mikkel."

Ich schaute hoch. Ja, Papa sah wirklich enttäuscht aus. Wir steckten in einer Krise.

Aber da kam Lars Larsen versteckt in einer Geburtstagseinladung auf unseren Tisch geflattert und gab mir Hoffnung. Darauf, dass es einen Ausweg gab. Ich glaube, in diesem Moment habe ich Nellys Horoskop verstanden, *mir selbst treu zu bleiben.*

24

Papa sagte von sich, dass er sich zwar schnell auf-
regte, aber genauso schnell auch wieder beruhigte.
Als ich einmal ein Fenster raus auf den Vestvejen zer-
deppert habe und der Lärm der vierzig Buslinien un-
gehindert ins Wohnzimmer schallte, sagte er nur: *So
kann's gehen.* Und als ich am Sporttag eine Grippe
vortäuschte, hat er gelacht und gemeint, das hätte
ihm auch einfallen können. Schnell wieder ruhig, so
war er – *bis zu unserer Golfkrise.* Ich wartete vergeblich auf das versöhnliche Schulterklopfen und einen
typischen Papa-Spruch.

Are we friends again?

Wollen wir ein bisschen im Garten rumballern?

Eier und Bacon?

Das Leben ist zu kurz, um sich zu ärgern.

Time for City Bowling?

Er hob nicht einmal den Kopf, als ich mit Himbeer-
schnitten ins Wohnzimmer kam. Ich erzählte ihm, wie
Ove sich bei Ludvig einschleimte, so Sachen, die ihn
normalerweise interessierten, aber er sagte nur, dass jeder mal einen schlechten Tag habe. Als ich strategisch
zu einem Handballspiel im Fernsehen umschaltete,
zog er an den Esstisch um. Und seinen Spaziergang

machte er alleine. Das machte mir Bauchschmerzen, und ich war froh, als Nelly irgendwann auftauchte.

„Ach, ihr zwei", sagte sie.

„Spielst du jetzt die Therapeutin?", fragte Papa.

„Du bist der Erwachsene, Jon."

„Genau", sagte Papa. „Es geht um Golf, und es geht um Lügen."

„Meine Güte."

„Alles an dem Sport ist peinlich."

Ich starrte auf die Tischplatte. Auf SOL-LONEs Ls.

„Und was genau ist daran peinlich, Jon?"

„Das Geld. Die Typen. Die karierten Hosen."

„Geld gibt's überall", sagte Nelly. „Genauso im Handball und beim Fußball."

„Aber die Typen", wiederholte Papa.

„Aber wenn das nun mal Mikkels Sport ist?"

„Es geht ums Prinzip."

„Ach, hör doch auf."

„Prinzip", wiederholte er.

Ich ging in mein Zimmer und hörte ihn sagen, dass Flip das schwarze Golfbag für eine Gitarrentasche gehalten hätte, daher das Geschwafel von *Imagine*.

Nelly lachte.

„Warum ergreifst du seine Partei?", fragte Papa.

Es folgte eine Pause. Dann sagte Nelly etwas von Umdenken und Einfühlen.

„Willst du damit sagen, dass ich mich nicht genügend kümmere?"

Sie unterhielten sich sehr erwachsen.

„Man kann sich schon manchmal fragen, ob alles zum Rechten steht."

„Man, wen bitte meinst du mit MAN?"

„Ihr zwei, so ganz allein in dieser Hütte."

„Das lief bis jetzt ziemlich gut."

„Darüber lässt sich streiten", sagte Nelly, und plötzlich wurde ich nervös. Was meinte sie damit?

„Sag mal, bist du auf meiner Seite oder nicht?"

„Ich bin auf eurer Seite", antwortete sie und klang ein bisschen, als würde sie gleich losweinen. Papa stapfte in die Küche. Ich hörte, wie er ein Glas aus dem Schrank nahm und den Wasserhahn aufdrehte.

„Gute Nacht, Jon."

„Gehst du?"

„Gute Nacht."

„Was zum Teufel willst du mir damit sagen? Warum bist du so?"

Ich hörte ihre Schritte vor meinem Fenster. Hätte ihr am liebsten hinterhergerufen, dass sie zurückkommen sollte. Es beunruhigte mich, dass sie einfach so ging. Nelly war normalerweise geradeheraus und versuchte, Probleme direkt zu lösen. Aber heute war sie echt seltsam. Was war los mit ihr? Und was war mit Papa und mir?

25

Am Montag wartete Martine vor der Schule auf mich. Wahnsinn! Sie stand an dem trubeligen Tor und ließ alle passieren außer mir.

„Mikkel", rief sie schon von Weitem und winkte. Alle glotzten, und ich kriegte eine rote Rübe. Sie wartete tatsächlich auf mich. MICH!

„Machen wir was zusammen?", fragte sie.

Ich gab mir Mühe, nicht zu breit zu grinsen.

Sie sah mich an.

Ich sah sie an.

„Gehst du Golfen?"

Ich schüttelte den Kopf, aber Golf war das Codewort, und ich erzählte Martine als Allererster die ganze Geschichte unserer Golfkrise. Es tat gut, es auszusprechen, und Martine schwieg wie die tote Ente bei Loch 13.

„Das ist total ätzend", sagte ich. „Wir haben uns noch nie so richtig verkracht."

„Es gibt Schlimmeres. Wenigstens hat sich keiner getrennt oder muss ins Gefängnis."

„Stimmt", sagte ich und sah sie an. Sie wandte den Blick ab. Wir überquerten die Straße und gingen an den Wohnblocks entlang.

„Golf ist doch kein Weltuntergang", sagte sie.

„Aber mein Vater hasst Lügen."

„Die sind ja auch scheiße."

„Ja."

„Ich finde, er wirkt ganz okay."

„Ist er ja auch", sagte ich und hatte wieder dieses dringende Bedürfnis, ihn ganz fest zu drücken, alles auf Start zurückzudrehen.

„Glückspilz", sagte Martine mit einem Seufzer.

Glück war nicht unbedingt ein Wort, das ich mit mir in Verbindung brachte. Ich wollte schon widersprechen, aber vielleicht nur aus blöder Gewohnheit. Vielleicht konnte ich mich tatsächlich irgendwie als glücklich bezeichnen.

„Dein Vater liebt dich total."

Darüber musste ich erst mal nachdenken, als wir bei Leos Kebab die Straßenseite wechselten.

„Schämst du dich eigentlich manchmal für deine Familie?", fragte ich.

„Ja!", antwortete sie wie aus der Pistole geschossen.

Ich nickte. Das hörte sich glaubhaft an, jetzt, wo ich sie ein bisschen besser kannte. Davor hätte ich niemals geglaubt, dass jemand aus Klasse 1 das sagen würde.

„Ich hab übrigens gerade mit Ballett aufgehört", sagte sie. Vor uns glitzerte die Sonne auf der spiegelblanken Oberfläche des Birkesees. Martine machte ein paar Tanzsprünge.

„Im Ballett gibt es fünf Positionen", sagte sie und wechselte die Stellung. „Fersen zusammen, Fersen auseinander, ein Fuß schräg vor den anderen, beide Füße mit Abstand parallel voreinander und zusammen."

„Das könnte ich mir nie merken."

„Das ist so todlangweilig", sagte sie und erinnerte mich an eine Figur auf einer Spieldose. Vielleicht, weil sie ihr Haar in einem Knoten hochgesteckt hatte.

„Mama war natürlich total entsetzt wegen all der Fotos, die sie jetzt nicht mehr posten kann", sagte Martine. „Beiträge über Ballett sind echt populär."

Ich lachte.

Martine nicht.

„Du und dein Vater, ihr seid ein gutes Team."

Darüber musste ich auch erst einmal nachdenken, als ich einen ungewohnt nüchternen Flip am Seeufer entdeckte. Er hielt Martine den Barsch hin, den er gerade gefangen hatte. Die durchsichtige Rückenflosse schimmerte hübsch orange wie ein Sonnenuntergang.

„Für dich", sagte er zu Martine. „Gib ihn deiner Mutter. Alle Mütter lieben Bärsche."

Martine gluckste, ihre Augen wurden groß und rund, und dann prustete sie los. Sie lachte, bis ihr die Tränen kamen. Flip sah sie völlig verdattert an. Martine schaute in die andere Richtung, während sie vergeblich versuchte, das Lachen zu unterdrücken.

Ich nahm den Fisch. „Komm", sagte ich und wir rannten laut prustend los.

„Bärsche", sagte sie. „Was meint er damit?"

„Denkt dran", rief Flip uns hinterher. „Bärsche mögen's kalt, am besten ins Eisfach."

Wir rannten bis zu dem Schlagbaum, der den See von den Villenstraßen trennte. Martine nahm mir den Fisch aus der Hand.

„Shit, ist der schwer."

Sie hielt ihn vor sich und stierte ihm in die Augen.

„Hallo", sagte sie und prustete wieder los. Ich erzählte Martine von *Imagine* und der Gitarrentasche, die eigentlich ein Golfbag war, worauf wir noch mehr lachen mussten und sangen:

Imagine all the people, sharing all the world.

Ihre Mutter öffnete die Tür.

„Da bist du ja endlich! Wir müssen zum Elterngespräch", sagte sie. „Du musst das hier noch ausfüllen." Sie breitete die Arme aus, als sie mich sah und dann den Fisch.

„Ein echter Fisch. Wow", rief sie etwas schrill.

Martine zog eine herablassende Grimasse: *„Ein echter Fisch. Wow."*

„Wir sehen uns", sagte ich.

„Ja", sagte sie und lachte wieder.

Am Ende der Straße setzte ich mich auf meine Birkesø-Bank, auf der ich vor einer gefühlten Ewigkeit Louise kennengelernt hatte. Vielleicht hoffte ich ja im Stillen, dass sie wieder auftauchte. Magic Louise. Die Straße lag ganz still da. Kein Wind, keine Wolken, keine Geräusche, nur die Aussicht auf Martines Plankenzaun mit der Riesenvilla und dem Garten und der leeren Sonnenliege dahinter. Ich ließ meine Gedanken fließen, und glaubt es oder nicht, da passierte schon wieder etwas sehr Merkwürdiges.

26

Mit nur ein bisschen weniger Sitzfleisch hätte ich das Ganze gar nicht mitbekommen, aber nun hörte ich die Kellertür von Martines Haus aufgehen und danach Schritte und Stimmen auf der anderen Zaunseite.

„Wir bestellen Sushi, wenn wir nach Hause kommen, Schatz", sagte sie. „Das dreckige Vieh rühr ich jedenfalls nicht an."

„Ich kann ihn ausnehmen!", sagte Martine.

„Ist der aus dem Birkesee?"

„Ja, fangfrisch. Der Fischhändler bekommt sie daher."

„Da pinkeln die Leute rein."

Der Deckel der Mülltonne klappte hoch, gefolgt von einem dumpfen Schlag und dem wieder zuklappenden Deckel.

„Stell dich nicht so an", sagte Martines Mutter. „Das ist doch nur ein Fisch. Wir bestellen uns hinterher was bei Gourmet Sushi."

Das war's. Danach wurde nichts mehr gesagt. Mein Herz hämmerte. Ich hörte sie zurück ins Haus gehen, die Kellertür fiel hinter ihnen ins Schloss. In mir stieg eine Riesenwut hoch. Ich war schon lange nicht mehr so wütend gewesen. Auf die *reichen Säcke*. In dem

Augenblick fühlte ich mich wie Jon der Zweite. Papa steckte mir in den Genen, seine flammenden Parolen, Hand aufs Herz.

Ich stand auf, ging zurück zum Zaun und stellte mich unter den großen Baum. Meine Zaunkletteraktionen zu Hause hatten meine Technik verbessert, und in meiner Wut mobilisierte ich ungeahnte Kräfte. Ich stieß mich ab, bekam einen Ast zu fassen, zog mich daran hoch und stand einen Augenblick später in Martines Garten. Mitten in einem Beet mit lila Blumen. Ich sah mich um und schlich über den Rasen zu den Mülltonnen, klappte den Deckel hoch und warf einen Blick in den dunklen Schlund. Ein Sonnenstrahl fiel auf den silbrig grün und orange schimmernden Barsch.

„Raus mit dir, Kumpel", flüsterte ich und kriegte die Schwanzflosse zu fassen. Ich war normalerweise kein Weltenretter, aber in diesem Augenblick machte sich das befriedigende Gefühl in mir breit, ein kleines bisschen dazu beizutragen.

Wieder zurück auf der Straße checkte ich das Profil von Martines Mutter. Und meine übersinnliche Ahnung täuschte mich nicht – sie hatte ein Foto von dem Fisch auf der gigantischen Kücheninsel gepostet. *Das Abendessen ist gesichert: die Lieblingstochter bringt fangfrischen Fisch nach Hause,* stand unter dem Foto mit dem bunt schillernden Barsch, gefolgt von der englischen Übersetzung.

Fake news, dachte ich und dachte an das Geräusch

des in die Tonne fallenden Fisches. Immer noch vor Wut zitternd steckte ich den Fisch unter meine Jacke und rannte los. Zu Louises Haus.

Den Barsch in der Hand klingelte ich an Louises Tür. Sie freute sich, mich zu sehen, und noch mehr, als ich ihr den Fisch überreichte und sagte, der sei für sie. Sie setzte Kaffee auf und stellte eine Schüssel dunkle Schokolädchen auf den Küchentisch.

Ich saß auf der Stuhlkante und sah ihr zu, wie sie den Barsch filetierte, in Gefrierbeutel verpackte, die sie mit *Mikkels Barsch, Birkesee* beschriftete und ins Gefrierfach legte.

„Ich liebe Fisch", sagte sie.

Ich räusperte mich so oft nacheinander, dass sie schließlich fragte, ob ich einen Frosch im Hals hätte.

„Kann sein", antwortete ich. Dann gab es erst mal Kaffee und Schokolade, und natürlich erkundigte Louise sich nach meinen Golffortschritten und meinem Handicap und so weiter und meinte, dass sie sich schon freute, auch mal wieder auf den Platz zu gehen. Sie war so lange nicht mehr dort gewesen wegen der vielen Arbeit, aber auch, weil sie Henrik so schrecklich vermisste, wenn sie dort war.

„Ich hab Mist gebaut", sagte ich und räusperte mich noch mehr. Und dann kamen mir die Tränen, was mir grottenpeinlich war.

Aber Louise sah aus, als wäre sie Tränen gewöhnt, vielleicht ist das ja so, wenn der Mann so früh stirbt. Ich erzählte die Geschichte von Anfang an und einigermaßen wahrheitsgetreu, auch wenn ich das mit den Klassen 1 bis 5, dem Selfmademan und meinen Zukunftsplänen nur streifte.

„Was für eine berührende Geschichte", sagte sie und wischte sich eine Träne von der Wange. Ich verstand nicht ganz, wieso sie jetzt weinte. Sie stand sogar auf, um sich die Nase zu putzen.

„Papa will, dass ich die Golfschläger zurückgebe."

„Wieso das denn?"

„Er ist nicht ... also ... Er und Golf ... das passt nicht zusammen. Er ist ein echter Arbeiter", sagte ich und legte meine Hand aufs Herz, wie Papa es immer machte.

„Und ein echter Arbeiter spielt nicht Golf?", fragte Louise.

„Handball ist schon auch okay", sagte ich und trank sehr hastig den Kaffee und aß noch hastiger die Schokolade. Nicht, weil es mir bei Louise nicht gefiel, ich unterhielt mich gern mit ihr, aber ihr Verständnis und Mitgefühl taten fast weh. So wie die Vorstellung wehtat, nicht mehr Golf spielen zu können, aber ich sah einfach keinen anderen Ausweg.

„Weißt du, was in solchen Fällen hilfreich sein kann?", sagte Louise, als ich zum dritten Mal ankündigte, dass ich jetzt gehen müsste.

Ich schüttelte den Kopf.

„Manchmal hilft es, miteinander zu reden."

„Das tun wir ja", sagte ich. „Ich habe mit Papa gesprochen."

„Schon, aber nennst du die Dinge auch wirklich beim Namen?", fragte Louise. „Oder sagst du nur das, was er deiner Meinung nach gerne hören würde?"

Ich starrte vor mich hin.

„Du sagst etwas, um deinen Vater nicht traurig zu machen, und dein Vater sagt Dinge, um dich nicht zu verletzen ... Verstehst du, worauf ich hinauswill?"

Oh ja, das tat ich. Louise war wirklich klug.

„Das ist sauschwer", sagte Louise. „Ich habe es ein ganzes Leben lang trainiert."

„Was trainiert?"

„Die Wahrheit zu sagen."

„Und klappt es?"

„Nicht immer. Aber die Wahrheit ist auch mit zeitlicher Verzögerung noch wahr."

„Äh, ja."

„Verstehst du, was ich meine?"

„Ich glaube schon."

Ich stand auf und ging zum Fenster, schaute rüber zu Martines Haus. Ein Mann kam raus auf die Terrasse.

„Der Schwindler ist wieder zu Hause", sagte Louise.

„Aber Martine ist süß", sagte ich, und Louise nickte.

„Freut mich, dass ihr euch angefreundet habt", sagte sie. „Und seine Eltern kann man sich ja nicht aussuchen."

Ich nickte. „Ich höre mit der Mathenachhilfe auf", sagte ich.

„Hast du dann Zeit für mich?", fragte Louise.

„Ja", antwortete ich.

„Da reden wir drüber, wenn du die Golftasche zu-rückbringst", sagte sie.

„Genau", sagte ich und versuchte zu lächeln.

Ich dachte intensiv über das nach, was Louise gesagt hatte. Was leider nichts an der tristen Stimmung zwischen Papa und mir änderte. Öde irgendwie. Viel zu still. Normalerweise redeten wir viel miteinander, über alles Mögliche. Über Lustiges und Ernstes, über nebensächliche und wichtige Dinge. Aber momentan fielen nicht sonderlich viele Worte im Vestvejen. Die einzigen Geräusche im Haus kamen von den Bussen und Lastwagen, Motorrädern und Zügen, Anhängern und allen Fahrzeugen, die auf dem Weg in die Stadt hinein oder aus der Stadt heraus vorbeifuhren.

Papas Telefon klingelte. Nach einem kurzen Blick aufs Display ging er raus in den Garten. Er marschierte um den Apfelbaum herum, während er redete, und hinterließ einen kreisrunden Trampelpfad im Gras. Zwischendurch bückte er sich und hob einen der faulen Äpfel auf, die sich im hohen Gras versteckten, und warf sie punktgenau in den hintersten Winkel des Gartens neben dem Spielhaus. Seine Technik war gut. Präzise.

Er blieb noch eine Weile mit dem Rücken zu mir stehen, nachdem er das Gespräch beendet hatte. Als er sich schließlich umdrehte und aufs Haus zuging, sah ich ein Zucken in seinen Mundwinkeln, als versuche er, ein Grinsen zu unterdrücken.

„Bist du gefeuert?", fragte ich.

„Nein, nein, das hat sich wieder eingerenkt", sagte er.

„Ist was mit Dennis' Tochter?"

„Was soll mit ihr sein?"

„Na, ihre Angstattacken?"

„Das war wohl doch was anderes."

„Ging es um Lones Geburtstagsparty? War es Nelly?"

„Setz dich", sagte Papa und zeigte auf den Esstisch.

Das klang wie ein Befehl beim Hundetraining. Aber lieber das, als dass er mit seinen fetten Kopfhörern auf dem Sofa lag.

„Das war die ... die Golftaschenfrau."

„Louise."

„Ja, genau, Louise. Sie, ähm ... hat uns eingeladen."

„Aha."

„Es tut ihr leid. Das ganze Chaos."

„Okay."

Ich drückte meine nackten Zehen auf eine trockene Brotrinde unter dem Esstisch. Es war ein gutes Gefühl, sie zu Bröseln zu zermahlen.

„Sie ist offenbar Psychologin", sagte Papa. „*Wenn ich mit den Patienten in meiner Praxis spreche,* hat sie gesagt. Halleluja."

„Und was hast du ihr geantwortet?"

„*Wenn ich mit den Idioten von der Mülldeponie spreche.*"

„Echt, das hast du gesagt?"

„Nein, natürlich nicht."

„Sie ist echt nett."

„Mir sind solche Leute nicht geheuer."

„*They see your dark sides*", sagte ich mit Film-stimme.

„Wahrscheinlich liegt es daran", sagte Papa und grinste vor sich hin. „Tapas", sagte er unvermittelt.

„Tapas?", wiederholte ich.

„Sie hat uns zu Tapas eingeladen." Er schüttelte den Kopf und googelte, dann zeigte er auf den Bildschirm. „*Calamares*. Typisch spanisch."

„Die sehen aus wie Armbänder", sagte ich.

„Das sind Tintenfischringe", erklärte Papa.

„Creepy."

„Warum?"

„Die schleimigen Saugnäpfe. Und acht Arme", sagte ich. „Das sind Aliens."

„Ja", sagte Papa. „Das könnte sein."

„Hat sie noch mehr gesagt?"

„Was über dich. Dass du ein feiner Kerl bist."

Er lächelte, und das tat richtig gut. Meine Lungen weiteten sich.

„Und du packst die Golfsachen zusammen, okay? Dann geben wir sie wieder zurück."

„Hm", murmelte ich, und plötzlich fühlte es sich gar nicht mehr so toll an.

„Sie will es vermutlich wiedergutmachen", sagte Papa.

„Hm", sagte ich noch einmal und dachte an das, was

sie vom miteinander Reden gesagt hatte und dass sie das ihr ganzes Leben trainiert hätte.

„Dann können wir einen Golfstrich unter alles ziehen", sagte Papa.

Ich sagte nichts, aber in dem Augenblick kam eine Nachricht von Rasmus.

Mittwoch eine Runde auf dem Platz?, las ich.

„Umarmung?", fragte Papa.

„Ja, klar. Umarmung", antwortete ich.

29

Weil ich keine Lust auf ein Referat vor der Klasse hatte, schrieb ich, wie von Ove als Alternative angeboten, einen Diskussionsbeitrag. Und zwar in der Nacht mit Flip und *Imagine*, als ich vor lauter Adrenalin nicht schlafen konnte. Was sich nicht nur in der Überschrift „*Klasse 1, 2, 3, 4, 5, fucking bullshit*", sondern auch dem einleitenden Satz „*Klar kann man Menschen in Container stecken, aber was will man damit erreichen?*" niederschlug.

Ich hatte wie verrückt in die Tastatur gehämmert und einen Haufen Stuss zusammengeschrieben. Aber irgendwie war ich hinterher richtig erleichtert. Erleichtert von einem in den Computer gehackten Text, crazy.

Menschen sind Menschen, schrieb ich als Fazit und dachte an Papa.

Eigentlich war das Geschriebene wohl hauptsächlich an mich gerichtet, aber ich gab es trotzdem ab. Ich schickte Ove meine Datei und schrieb: *Diskussionsbeitrag. Beste Grüße Mikkel.* Damit hatte ich das schon mal vom Tisch. Und da Ove immer lange brauchte für seine Durchsicht, waren wir längst bei einem ganz anderen Thema, Umwelt und so, als er mich nach dem Klingeln bat, kurz zu bleiben.

Und so saß ich wieder einmal vor Ove, wie damals, als er mir vom Selfmademan Lars Larsen erzählt hat.

„Dein Aufsatz hat mich sehr beeindruckt, Mikkel", sagte er.

„Aha?", sagte ich.

„Ich habe mit Jytte darüber gesprochen."

„Aha", wiederholte ich und stellte mir Ove und seine Frau Jytte vor, wie sie über meinen Aufsatz diskutierten.

„Ich denke, du hast recht", sagte er.

„Hab ich das?"

„Warum so passiv, Mikkel? Du hast doch diesen Text geschrieben. Man kann nicht so engagiert über etwas schreiben und dann so tun, als ginge einen das alles nichts an."

Ich nickte. Blöderweise erinnerte ich mich nur vage, was genau ich in meinem Aufsatz geschrieben hatte, aber es schien ziemlich überzeugend gewesen zu sein.

„Du hast echt was auf dem Kasten", sagte Ove.

Das sagte er nicht zum ersten Mal.

„Und das ist kein Zufall", sagte er. „Das kommt von etwas."

„Ja", sagte ich, weil ich ausnahmsweise mal fast klug fand, was Ove sagte.

„Es tut mir im Nachhinein leid, dass ich dir das von Lars Larsen erzählt habe, Mikkel."

„Wieso?"

„Ich meine ... so eine furchtbare Kindheit."

„Ja", sagte ich.

„Und das mit dem Unfall deiner Mutter,, mein Gott."

Ove schien Lars Larsen offensichtlich doch nicht so richtig verstanden zu haben, dachte ich, hielt aber den Mund.

„Aber du und dein Vater ... Ihr seid ein gutes Team."

„Lars ist ein ziemlich cooler Typ", sagte ich, weil ich nicht wollte, dass Ove ihn einfach so ausradierte. Unsere Unterhaltung endete darauf mit einem fragenden Blick von Ove, während ich meinen durch den Raum schweifen ließ.

War LL damit finito, überstanden, Vergangenheit?

„So ganz überzeugt siehst du nicht aus", sagte Ove.

„Nöö."

„Dein Blick flackert."

„Ich denke an die Toten", sagte ich und erntete ein sanftes Nicken. Ove dachte natürlich an meine Mama Mia.

Papa, Louise und ich saßen um einen Marmortisch mit Metallbeinen, der definitiv nicht aus dem Container 29 – *Möbel und lose Möbelkomponenten* – stammte. Für den hier würde man auf lauritz.com garantiert ein Vermögen bezahlen. Nicht, dass ich ihn besonders toll fand, und als ich die Arme darauf ablegte, fühlte sich die Oberfläche kalt und klebrig an der Haut an. Das Glas knallte beim Abstellen laut, dass ich schon befürchtete, es wäre kaputt.

Aber abgesehen von dem Tisch war es ein schöner Abend. Louise war einfach Louise, und Papa war einfach Papa. Die grünen Oliven, das edle Silberbesteck und die teuren Möbel waren einfach nur Dinge.

Aber dann war da noch das Golfbag, das traurig aus dem Eingangsbereich zu mir rüberschaute und die gute Stimmung etwas dämpfte. Ich konnte es nicht lassen, immer wieder auf das Namensschild zu linsen. Wenn ich die Augen zusammenkniff, konnte ich meinen Boomer-Namen lesen: H E N R I K.

Wir aßen und erzählten und kamen immer wieder auf das Wunder zurück, diese Aneinanderreihung verrückter Zufälle. Ich auf der Bank, Louise auf der Bank, Louise, die den Løvstrøm von meinem Handballtrikot kannte. Und dass Louise davon ausgegangen war, dass ich Golf spielte und mich nach meinem Handicap gefragt hat, dem A und O beim Golf, die typische Eingangsfrage, die, wäre ein Handicap gemeint, das nichts mit Golf zu tun hat, sehr aufdringlich gewesen wäre.

„Nach Henriks Tod habe ich beschlossen, mehr Gutes zu tun", sagte Louise. „Und ich habe wirklich geglaubt, das hier wäre was Gutes."

Papa sah sehr verständnisvoll aus. Vielleicht lag das am Wein oder an der Erinnerung an einen Rechtsabbieger und einen viel zu frühen Tod, jedenfalls sagte er: „Ich war da vielleicht auch etwas zu voreilig."

Ich ballte die Hände.

„Mehr Gutes tun", wiederholte Louise. „Das hatte ich mir vorgenommen."

„Manchmal rede ich, bevor … ich den Kopf einschalte", sagte Papa.

„Warum sollen die Schläger im Keller verstauben", sagte Louise.

„Und ich bin ja alleine für Mikkels Erziehung verantwortlich."

„Aber eine Lüge ist eine Lüge. Und das hat Sie enttäuscht, Jon", sagte sie zu ihm.

Ich schnitt einen knoblauchmarinierten Champignon durch, der ein bisschen was von einem Flummi hatte.

„Lügen zwischen Menschen sind das Schlimmste, das weiß ich von meiner Arbeit. Untreue, zum Beispiel, oder Betrug. Pures Dynamit."

Sie lächelte mich an.

„Ich habe nicht absichtlich gelogen", sagte ich. „Ich habe mich nur nicht getraut ... *die Wahrheit zu sagen.*"

„Warum?", fragte Papa.

„Weil es um Golf ging", sagte ich. „Du sagst doch ... dass ... Golf ein Sport für reiche Säcke ist."

Papa räusperte sich.

„Du hattest Angst vor der Reaktion deines Vaters", sagte Louise. „Ihn zu verletzen. Du weißt, was euch beiden besonders wichtig ist."

„Hm", murmelte ich, und danach wurde es still, aber nicht auf die peinliche Art. Wahrscheinlich hatten wir alle was zum Nachdenken.

„Es klingt vielleicht wie ein überholtes Klischee, aber Ehrlichkeit währt immer noch am längsten", sagte Louise.

„Hört sich an wie Nellys Horoskope", sagte Papa.

„Aber Nelly hat auch ihr Problem damit", sagte ich.

„Ach, Mikkel. Sie mischt sich in solche Sachen nicht ein."

„Sie hat es mir aber selbst gesagt."

„Bestimmt nur, um dich zu trösten."

„Ja, bestimmt", sagte Louise lächelnd. „Wie gut, dass es Menschen wie Nelly gibt."

Ich nickte und schob mir einen knoblauchmarinierten Shrimp in den Mund. Papa redete weiter und entschuldigte sich. Sagte, dass es ja nicht um Nelly ginge, sondern um einen Vater und seinen Sohn und positive Werte, während ich ein bisschen mit den

Gedanken abschweifte. Ich dachte an Nelly. Gut, dass es sie gab.

Louise stach mit einem Zahnstocher auf eine Olive ein, bis die grüne Haut ganz durchlöchert war. Sie lächelte und steckte sie in den Mund.

„Ich hätte Nelly vielleicht auch einladen sollen."

„Ja", sagte ich.

„Ha! Sie wäre begeistert", sagte Papa und breitete die Arme aus.

„Ja", sagte ich wieder.

„Ja, ja", sagte Papa und Louise sah ihn lange an, als würde sie in sein Innerstes schauen, und zum ersten Mal konnte ich sie mir gut als Psychologin vorstellen. Papa knetete die Hände, als wäre ihm nicht ganz wohl in seiner Haut.

„*They see your dark sides*", sagte ich laut und hätte mir auf die Zunge beißen können. Das war mir schon wieder einfach so rausgerutscht. Wie das mit den *reichen Säcken* in der Klasse. Und genauso unpassend.

Papa schnitt eine Grimasse, aber Louise lächelte wie üblich. Sie schien in ihrem Element, wenn es peinlich wurde. Louise war echt cool.

„Ich liebe Golf", sagte ich. Sie nickte. „Und ich ... ich hasse Handball. Wenn ich ehrlich sein soll."

„Was liebst du daran?", fragte Louise mit Psychologenstimme.

Gute Frage. Auf die es keine einfache Antwort gab. Ich erzählte ihr von der inneren Ruhe, die ich gespürt hatte, als ich das erste Mal aus dem Bus gestiegen war.

Es war, wie in einen schönen Traum einzusteigen. In dem alles einen festen Platz und Regeln hatte. Zuerst fürs Aufwärmen ein paar Abschläge am Driving-Range, danach Loch 1, 2 und 3 mit all meinen kleinen Experimenten und Korrekturen, und dann irgendwann das verflixte Loch 13. Und da war das Mathematische, das Berechnen des Schlags an einer Steigung oder einem Gefälle. Oder im Bunker das Eisen im exakt richtigen Winkel zu drehen, um den Ball nicht direkt im Sand zu versenken oder senkrecht in die Luft zu katapultieren. Und dann das mit der Ente. Da wurde es etwas komplizierter. Wie konnte man solche Augenblicke in passende Worte fassen? In denen man so einen kleinen Fitzel Glück verspürte?

Papas Blick ging leicht an mir vorbei, aber er lächelte Louise stumm an, die wiederum ihn ansah – mit ihrem Psychologinnenblick.

„Das war wirklich ein netter Abend", sagte er schließlich und stemmte sich von seinem Stuhl hoch. Ich stand ebenfalls auf.

„Tapas sei Dank", sagte Papa und zog die Augenbrauen hoch, als würde er die drei Worte im Stillen wiederholen.

Ich würde sagen, dass das die Geburtsstunde der neuen Redewendung war, die langfristig die reichen Säcke ablöste. Ich könnte schwören, dass wir nach dem Essen bei Louise statt *Reiche Säcke* nur noch *Tapas sei Dank* gesagt haben, wenn wir etwas besonders betonen wollten. *Tapas sei Dank!*

31

Louise brachte uns zur Tür.

„Ich freu mich sehr, einen neuen Gärtner gefunden zu haben", sagte sie. Ich antwortete, dass ich schon immer davon geträumt hätte, Gartentraktor zu fahren.

„Wer Gartentraktor fahren kann, braucht weniger Fahrstunden", sagte Papa, der seit dem Rechtsabbiegerunfall nicht mehr am Steuer gesessen hatte.

Louise lächelte und schaute zu der Golftasche. *Der Nabel der Welt. Die Sonne unseres Sonnensystems.* Die unsere kleinen Planeten zusammenhielt.

„Kann ich dir helfen, Mikkel?", fragte Louise mich, ohne Papa anzusehen.

Ich schaute Papa an, der wieder den Mund so verzog wie bei seinem Telefonat neulich mit Louise. Eine seltsame Grimasse. Aber gut.

„Ich mach das", sagte er und nahm sich Zeit, den Gurt einzustellen, bis er perfekt saß. Wie an meinem ersten Schultag, da sollte der Ranzen auch perfekt sitzen. Es war ein bisschen wie der Startschuss zu etwas Neuem und Großem.

Ich sah ihm ganz entspannt dabei zu, war eine Feder im Wind, die der Strömung folgte, und innerlich floss ich über vor Glück. *Papa hatte sich umentschieden.*

„So passt sie gut", sagte Louise.

„Ja, so passt sie gut", sagte ich.

Papa stemmte die Hände in die Seiten. Es sah aus, als hätte er Engelsflügel. Ich machte drei Schritte auf ihn zu und gab ihm eine feste Bärenumarmung. Und mir war, als wischte Louise sich schon wieder eine Träne aus dem Augenwinkel.

„Tapas sei Dank", gluckste Papa leise, als die Tür hinter uns ins Schloss fiel und wir über Louises gewundenen Gartenweg spazierten.

„Mein Gärtner", sagte er und knipste eine Rose von einem Strauch.

„Yep", sagte ich und öffnete das Gartentor.

„Was für ein Abend", sagte Papa.

„Was für ein Abend", wiederholte ich.

In der Auffahrt vor Martines Haus stand das fette Auto ihrer Mutter. Papa räusperte sich.

„Hier in Birkesø leben so'ne und so'ne Leute", sagte er mit einem Nicken zum Auto.

„Louise ist nett", sagte ich.

„Das muss man sagen", sagte Papa. „Da hast du recht. Ich habe über das nachgedacht, was du von den Containern gesagt hast. Menschen sind in der Tat anders als Abfall."

Er zeigte auf Martines Auto. Er sagte weder reiche Säcke noch Tapas sei Dank, sondern erzählte die Geschichte von einer Frau, die in genau so einem Wagen auf den Recyclinghof gekommen war. „Haargenau so einer wie dieser. Und die Frau, was für ein Snob. Stand da und hat mich aufgefordert, den Müll aus ihrem Auto zu räumen."

„Leute gibt's", sagte ich.

„Was hat die sich dabei gedacht?"

„Keine Ahnung."

„Aber wow, was für ein Auto", sagte Papa und zeigte auf die Ledersitze.

„Wow", wiederholte ich.

„Würdest du gerne mal in so einem fahren?"

Ich zuckte mit den Schultern. Ehrlichkeit war wichtig, aber es gab Grenzen. Es gab Dinge, die man besser für sich behielt.

Als wir gerade auf den Trampelpfad zum See abbiegen wollten, riss Martine das Fenster auf.

„Mikkel", rief sie. „Hallo, Mikkel."

„Hi", antwortete ich.

„Bist du auf dem Weg nach Hause?"

„Ähm, ja", sagte ich.

„Ich schreib dir später", sagte sie.

Papa sah mich mit gerunzelter Stirn an.

„Und wer bitte war das, wenn ich fragen darf?"

„Ich geb ihr Mathenachhilfe", sagte ich. „Eine Freundin."

Papa zog die Augenbrauen hoch.

„Ich dachte, hier gehen alle Kinder aufs *Hoppe*."

„Tut sie auch."

„Du bist echt ein schräger Vogel, Mikkel", sagte Papa.

„So schräg bin ich gar nicht", sagte ich, und kurz darauf tauchte der Vestvejen vor uns auf. Häuser, Autos,

Busse, Züge, vereint zu einer lauten Geräuschkulisse. Wir liefen im Gleichschritt an dem Gartenzaun vorbei, über den ich zukünftig nicht mehr mein wertvolles Golfbag hieven musste. Die Dinge ändern sich, dachte ich. Die Welt war kein Puzzle, die Welt war keine Fotografie, die Welt war ein Wirrwarr permanenter Veränderung, ein Kosmos von Explosionen und schwarzen Löchern.

„So, heimisches Terrain", sagte Papa. „Genau hier fühl ich mich wohl. *That's my place*."

„Ich mich auch", sagte ich und bog zum Vorgarten des Hauses ab mit den Gartenzwergen, Zementeimern und dem nur an einer Schraube hängenden Briefkasten. Papa hob das Gartentor an und öffnete es nach innen, das erforderte eine bestimmte Technik. Fuck, Vestvejen 158 war echt ein *nice place* an einem Abend wie diesem.

Ich hatte ein paar Nachrichten von Rasmus.

Spielen wir morgen?, stand in der ersten Nachricht. *Hallo, bist du da, Henrik?*, in der zweiten. Ich musste grinsen. Rasmus konnte sich nicht an Mikkel gewöhnen.

Ja, klar, schrieb ich und wollte gerade eine Entschuldigung hinterherschicken. Dass mein Telefon den Geist aufgegeben hat, so was in der Art. Aber die Zeit der Lügen war vorbei.

Kurz darauf kam eine Nachricht von Martine. *Bist du wieder zu Hause?*

Mit einem Grinsen im Gesicht schrieb ich: *Ja.*

Kann ich vorbeikommen?

Yes, antwortete ich, gefolgt von einem hochgestreckten Daumen und einem Herz. Eigentlich war Nelly das lebende Exempel für das inflationäre Verteilen von Herzen, aber manchmal waren sie einfach notwendig. Ich ging raus in den Garten und wartete an unserem üblichen Treffpunkt auf Martine.

Papa winkte mir aus dem Wohnzimmer zu, und ich setzte mich auf die Bank, dem ruhigsten Platz im Garten.

„Dämmerung", flüsterte ich. Die Grenze, an der der Tag in den Abend übergeht. Und später in die Nacht. Auf die Nacht folgt der Morgen. Irgendwann habe ich Papa mal gefragt, woher man sicher wissen könnte, ob es nun das eine oder andere war. So eine typische Frage, die Kinder eben stellen, oder? Na ja, vielleicht nicht alle Kinder. Aber bei einem Vater wie Papa waren solche nebensächlichen, aber trotzdem wichtigen Fragen gut aufgehoben.

Ich kann mich nicht mehr genau erinnern, was er damals geantwortet hat. Aber er hat mich nie von oben herab angesehen. Wahrscheinlich hat er gesagt: „Das ist ein Gefühl, Mikkel. Manche Dinge kann man sich nicht anlesen, die muss man erspüren."

Wie auch immer. Zurück in der Wirklichkeit. Da saß ich auf meiner Bank und wartete auf meine Zukunft, also Martine, die mit beiden Füßen vor mir auf der Erde landete.

„Du siehst richtig weise aus, wie du da sitzt."

„Danke."

Sie setzte sich neben mich und legte eine Hand auf meine Schulter, was ein interessantes Zittern in meinem Körper auslöste.

„Worauf hast du Lust?", fragte sie.

„Alles", sagte ich, als Papa raus auf die Terrasse kam.

„Hi, hallo", sagte er. „Ich bin Jon."

„Hi", sagte Martine.

Papa kam zu uns gestapft.

„Wir wollten gerade ...", sagte ich.

„Einen Spaziergang machen?", sagte Papa.

Ich nickte.

„Wie wär's mit Bowlen?", schlug Martine vor. „Und du hast doch was von einem Kebab-Imbiss gesagt."

Ich nickte.

„Immer mal was Neues ausprobieren", sagte sie.

„Jepp", stimmte ich ihr zu.

„Denk dran, dass wir beim City Bowling Rabatt kriegen", sagte Papa. „Sag einfach meine Personennummer."

„Wie heißt das noch gleich, wenn man alle Kegel auf einmal umschießt?", wollte Martine wissen.

„Strike", antworteten Papa und ich im Chor.

Papa drückte sich eine unsichtbare Bowlingkugel an die Brust, schwang den Arm nach hinten und wieder nach vorn, wobei er drei Schritte vorwärts tanzte. Das war sein Wurfstil.

„Easy", sagte Martine.

„Na, das wollen wir ja mal sehen!", sagte ich, und sie schubste mich von der Seite an. Ich schubste zurück.

„Ab mit euch", sagte Papa, und wir verließen den Garten Richtung Vestvejen. Ich kam mir vor wie im Abspann eines Films, wo die Schauspieler immer kleiner und kleiner wurden auf dem Weg in ihre Zukunft.

Schwer zu sagen, wo genau etwas beginnt oder endet. Der Anfang dieser Geschichte war Oves Vortrag und seine Auflistung der sozialen Klassen 1, 2, 3, 4 und 5 an der Tafel. Und ein mögliches Ende könnten Martine und ich auf dem Weg zum City Bowling sein. Aber dann ist ein paar Tage nach diesem Abend noch was ziemlich Verrücktes passiert. Nichts, was dazu führte, dass wir in den nächsten Flieger nach Bali gestiegen sind, das uns aber in gewisser Weise Bali ein ganzes Stück nähergebracht hat.

32

Direkt nach den Herbstferien hatte Kern sein Debut in der ersten Liga.

„Wehe, du kommst nicht", sagte er. „Und bring Jon mit!"

Das musste ich Papa nicht zweimal sagen, und es war richtig schön, mal wieder in der Halle zu sein. Aus der Cafeteria roch es lecker nach den Zimtschnecken, die in der Mikrowelle aufgewärmt wurden. Alle begrüßten mich, und Papa unterhielt sich mit René. Die Kernfamilie wedelte mit einer großen, mit Alufolie bedeckten Platte.

„Selbst gebacken", sagte Niels und zeigte auf Laura.

Papa war richtig gut drauf und gab Kern einen Haufen gute Ratschläge. Worauf Pernille ihn strahlend Kerns *Personal Trainer* nannte.

„Körpertäuschung", hörte ich Papa sagen, während er vor Kern von links nach rechts ruckte. „Du gehst auf die entgegengesetzte Seite des Verteidigers, verstehst du?"

Kern war noch viel aufgedrehter als Papa, aber sowas von.

„Alles wird gut", sagte Papa, als wir nebeneinander auf der Zuschauertribüne saßen, fünf in einer Reihe, und uns gegenseitig warm schrien. Ich genoss den Abstand zum Spielfeld und den Gesamtüberblick, so weit weg von der schmalen Reservebank, den Kühlpads und dem Wasserkanister.

René winkte mir mehrmals zu, und in der Pause stand er plötzlich neben mir und klopfte mir auf die Schulter.

„Wie ich höre, bist du jetzt Golfer", sagte er.

Ich streckte den Daumen nach oben.

„So soll es sein, Mikkel", sagte er, „dass man irgendwann seine Passion findet."

Ich warf Papa einen hastigen Blick zu, der fast ein bisschen stolz aussah.

In der zweiten Halbzeit zog Papa sein Handy aus der Tasche und verschwand durch die Glastür. Ich konnte ihn von meinem Platz aus sehen, und als das Spiel zu Ende war und wir uns jubelnd umarmt und die Alufolie vom Kuchen gerissen hatten, meinte er, dass wir los müssten. Das war Nelly am Telefon gewesen, und sie hätte geklungen, als ob es wichtig wäre. Er war irgendwie komisch, strich sich immer wieder mit der Hand über den Kopf und bekam nicht mit, was die Leute zu ihm sagten.

„Ist was passiert?", fragte ich.

„Das weiß ich nicht", antwortete Papa.

„Hat sie nichts gesagt?", fragte ich, und Papa sah plötzlich besorgt aus.

„Komm", sagte er.

Nellys kleines, hellgelb gestrichenes Haus lag etwas

weiter oben am Vestvejen. Ich wurde immer ganz ruhig, wenn ich darauf zuging. Ich sah Papa von der Seite an. Er klopfte mir auf den Rücken und nickte, als wir über den gefliesten Weg zur Haustür gingen. Das Türschild strahlte mir entgegen.

NELLY NIELSEN stand dort, aber ich sah nur das Doppel-L. Shit. Warum war mir das noch nie aufgefallen?

„LL", japste ich.

„Was hast du eigentlich immer mit deinem LL?", fragte Papa, als die Tür aufging.

Er wollte eintreten, aber Nelly versperrte ihm den Weg.

Irgendwas war anders an ihr. Fremd.

„Ich verreise", sagte sie und zeigte auf einen vollgepackten Koffer vor der Wand.

„Was soll das heißen?" Jetzt japste Papa. „Verreisen?"

„Nach Bornholm. In ein Spa-Hotel."

„Spa-Hotel?", sagten wir einstimmig.

„Du kannst doch nicht einfach verreisen", sagte Papa.

„Nein!", sagte ich.

„Was soll das heißen?"

„Verreist du wirklich?", fragte Papa noch einmal.

So standen wir eine Weile da, Papa und ich vor und Nelly hinter der Türschwelle, die wie eine Grenze zwischen uns lag.

„Da wäre ... da ist sogar Platz für drei ...", sagte sie mit einem kurzen Blick zu Papa.

„Aha", sagte er.

„Uns drei?", fragte ich.

Nelly schaute weg.

„Ach so, ja ... aha, das ...", sagte Papa und schaute runter auf seine neuen Schuhe.

„Wir drei!", wiederholte ich.

„Jetzt beruhig dich mal wieder", sagte Papa.

„Morgen früh, wenn ..." Damit schloss sie die Tür, KLICK, und wir setzten uns langsam in Bewegung. Ich sagte erst wieder was, als wir an Leos Kebab vorbei waren.

„Wie findest du das?", fragte ich.

„Das ist schon seltsam, Mikkel." Er streckte die Finger und krümmte sie wieder. „Wir drei."

„Aber wir sind doch immer zu dritt."

„Aber Bornholm ... das kommt irgendwie ... sehr *überraschend*."

„Vielleicht ist sie ja ... du und ...", sagte ich.

„Pffff."

„Das ist kein Tinder."

„Nein, Gott sei Dank", sagte Papa.

Wir liefen schweigend weiter. Das war wirklich schräg.

„Vielleicht gibt's da ja Buffet", sagte ich.

„Und einen Whirlpool", sagte Papa und bog auf unser Grundstück ab, zog den Schlüssel aus der Tasche und steckte ihn ins Schloss.

Er ging ins Haus und wirkte, ehrlich gesagt, ein bisschen wirr. Er räumte die Spülmaschine halb aus, spülte ein Messer ab, warf einen Lappen in den Wäschekorb, machte einen Schrank auf und zog einen Koffer heraus.

„Sieh an! Der hat sogar Rollen."

„Sieht ziemlich ramponiert aus. Gab's kein besseres Modell im Container ..."

„18."

„Nicht?"

Ich bekam keine Antwort. Jetzt sprach er mit sich selbst. „*Manche Chancen muss man ergreifen*", murmelte er und goss Wasser ins Bügeleisen. „*Why not give it a go*".

Give it a go, wiederholte ich im Stillen und dachte an meine erste Busfahrt zum Golfplatz.

Papa schüttelte das Hemd aus und breitete es auf dem Bügelbrett aus.

„Da soll es einen Strand mit weißem Sand geben, kreideweiß", sagte er.

Als er das sagte, dachte ich an Bali. Diese Trauminsel mit den weißen Sandstränden, jedenfalls auf dem Foto, das ich ausgedruckt hatte.

Urlaub und Rollkoffer an einem Donnerstag. Ziemlich verrücktes Leben, dachte ich. Ich schrieb Bornholm und Bali auf ein Blatt Papier. Beide fingen mit B an. Und hatten an zweitletzter Stelle ein kleines l. Ich lächelte und schrieb die Namen noch einmal mit Doppel-l, aber das sah komisch aus. Ich knüllte das Papier zusammen und zielte auf den Papierkorb.

„Volltreffer", sagte Papa.

„*Hole in one*", sagte ich und hörte seine Schritte hinter mir. Der Boden knarrte leise, als er seine Hand auf meine Schulter legte.

„Happy happy?", fragte er, und ich nickte. Und in diesem Augenblick war ich mir hundertprozentig sicher. Manchmal weiß man es einfach.

Die deutsche Ausgabe wurde finanziell gefördert
durch Danish Arts Foundation.

Mette Vedsø: What the luck!
978 3 522 20305 0

Aus dem Dänischen von Maike Dörries
Einbandgestaltung: formlabor
Innentypografie: Julia Astrup
Reproduktion: DIGIZWO GbR, Stuttgart
Druck und Bindung: CPI Books GmbH

Wie weit darf der Einsatz für eine bessere Welt gehen?

Christian Linker

Climate Action
Du allein entscheidest,
wie weit du gehst!

288 Seiten · Broschur
ISBN 978-3-522-20294-7

Ein Mädchen flüchtet aus der Bahn und rempelt dich an. Erst zu Hause merkst du, dass sie etwas in deine Tasche geschmuggelt hat. Ein Tagebuch – mit höchst brisantem Inhalt. Du kannst nicht anders, du fängst an zu lesen. Die Geschichte von drei Jugendlichen, die zu Klimaaktivist:innen werden, nimmt dich sofort gefangen. Pauline, Sadiq und Vic reden nicht bloß, sie unternehmen was. Auch Sachen, die eigentlich verboten sind. Du hast nun das Tagebuch und damit das Schicksal der Gruppe in der Hand und kannst bestimmen, wie weit ihr gehen werdet. Doch mit jeder deiner Entscheidungen musst du dann auch leben ...

Lieblingsbücher fürs Leben.
www.thienemann.de

Hinreißend komischer Roman mit ernsten Untertönen

Daniel Napp

Scheiße bauen: sehr gut

272 Seiten · Broschur
ISBN 978-3-522-20247-3

Paul ist faul. Und stolz darauf, dass er trotzdem irgendwie durchs Gymnasium kommt. Aber jetzt steht das Schnupperpraktikum in der Förderschule an. Den ganzen Tag Sabberlätzchen wechseln und Hintern abwischen? Nicht mit Paul! Als er für den neuen Schüler Per gehalten wird, beschließt er spontan, diese Rolle anzunehmen. Schließlich stehen Chillen im Whirlpool und Videospiele auf dem Stundenplan. Sogar mit seinen neuen „Mitschülern" kommt Paul gut klar. Doch was, wenn er auffliegt? Auch auf der Förderschule gibt es keine Eins fürs Scheißebauen, oder?

Lieblingsbücher fürs Leben.
www.thienemann.de

EMOTIONAL PACKENDES STEINZEIT-ABENTEUER

Davide Morosinotto

Die dunkle Stunde des Jägers

288 Seiten · Gebunden
ISBN 978-3-522-20288-6

Nordamerika 12.000 vor Christus. Heftig hat das Feuer ge-
wütet. Roqi und seine Freunde haben alles verloren, was
ihnen lieb und teuer war. Ihren Stamm, ihre Familien, ihre
Behausung. Mutterseelenallein streifen sie durch die Wild-
nis, auf der Suche nach Nahrung und Schutz vor Raubtieren.
Sie müssen einen neuen Stamm finden, nur so können sie
überleben. Da stoßen sie auf das Lager von Stammesober-
haupt Hiti. Noch ahnen Roqi und seine Freunde nicht, dass
sie dort eine noch viel größere Herausforderung erwartet …

Lieblingsbücher fürs Leben.
www.thienemann.de

EINE MAGISCHE REISE VON DEN ANDEN BIS ZUM AMAZONAS

Davide Morosinotto

Der Ruf des Schamanen

432 Seiten · Gebunden
ISBN 978-3-522-20274-9

Seit Stunden schon kämpfen sich Laila und ihr Freund El Rato durch den dichten Urwald. Sie müssen unbedingt den alten Schamanen finden. Er ist Lailas letzte Hoffnung, denn sie leidet an einer unheilbaren Krankheit. Doch allmählich bricht die Nacht herein und die Dunkelheit ist voller Gefahren ...